AF145619

Larissa Harold

Lost in despair

The final chapter

TWENTYSIX – Der Self-Publishing-Verlag

Eine Kooperation zwischen der Verlagsgruppe Random House und Books on Demand

©2019 Harold, Larissa

Herstellung und Verlag: BoD – Books on Demand, Norderstedt

ISBN: 9783740726768

Prolog

Angst und Verzweiflung verfolgten mich stets wie eine schwarze Wolke. Es schien, als hätte ich die Welt stetig durch einen nebligen Schleier betrachtet. Bei jedem Versuch ins Licht zu gehen, holte sie mich wieder ein. Doch eines Tages erschien die Sonne und ich konnte endlich wieder sehen. Bis plötzlich ein Gewitter aufzog und alles Licht in seinem gigantischen Schlund verschwand....

Kapitel 1

Eine angenehme Brise weht durch mein Haar, während ich zufrieden im hintersten Teil des Gartens auf meiner Patchworkdecke liege. Vom knöchelhohen Gras und einigen Gänseblümchen umgeben, genieße ich die zwanzigminütige Ruhephase, bevor unsere Gäste eintreffen. Der zweistöckige Himbeer-Zitronenkuchen der Zwillinge ist bereits gebacken und dekoriert, passend zum Thema des Geburtstagsfestes. Inmitten des Kuchens befinden sich zwei Feen aus Zuckerguss, eine in einem lila Kleidchen, die andere in einem rosafarbigem. Hope und Faye werden zweifellos begeistert sein. Bei diesem Gedanken muss ich lächeln, denn ich kann nicht bestreiten, dass ich auf mein selbstgebackenes Meisterwerk mächtig stolz bin. Ganz besonders aus dem Grund, weil backen nicht gerade zu meinen Lieblingsbeschäftigungen gehört. Mit meinen zwei linken Händen bin ich dankbar, dass ich wenigstens die gängigsten Gerichte in der Küche zubereitet bekomme, um meine Familie anständig zu versorgen. Ich höre die Mädchen durch die geöffnete

Verandatür im Haus kichern. Während die Mittagssonne wohlig meine nackten Beine wärmt, frage ich mich unweigerlich, womit ich es verdient habe, so maßlos glücklich zu sein. »Marissa, Sweetheart?« Als ich die Stimme meines Ehemanns vernehme, setze ich mich auf und rücke den Saum meines Kleides zurecht. »Ich bin hier«, rufe ich und lächle James zu, während er mit großen Schritten auf mich zukommt. Er trägt das hellblaue Hemd, das ich so sehr an ihm liebe und dazu eine dunkelblaue, verwaschene Jeans. Lässig streicht er sich einige seiner wirren, blonden Haarsträhnen aus dem Gesicht, während er mich liebevoll anlächelt. Auch nach all den Jahren verschlägt mir sein Anblick noch immer den Atem. »Jackson hat gerade angerufen. Er und Amara sind mit Tate auf dem Weg«, unterrichtet er mich.

»Ich habe inzwischen die Luftballons und den Geburtstagsbanner aufgehängt«, fährt er mit einem undefinierbaren Gesichtsausdruck fort und setzt sich neben mich.

»Gefällt es dir nicht?«, frage ich überrascht, da ich seinen Gesichtsausdruck nicht deuten kann.

»Hm, also eigentlich...«, druckst er herum und zuckt mit

den Schultern. Erwartungsvoll hebe ich die Augenbrauen. »Es ist rosa… *sehr* rosa.« Er verzieht das Gesicht, dann grinst er achselzuckend, ehe er mir einen sanften Kuss aufs Haar presst. »So sind Mädchen nun mal«, erkläre ich mit Unschuldsmiene und versuche angestrengt, mein Grinsen zu kaschieren. James greift nach meiner Hand, küsst nacheinander jeden einzelnen meiner Fingerknöchel und seufzt zufrieden auf.

»Ist es nicht unglaublich, dass die beiden schon sechs Jahre alt sind?« Wehmütig schaut er zum großen Geburtstagstisch, der Ballon in Form einer 6 weht leicht im Wind, als wollte er James' Aussage bestätigen.

»Wir werden alt«, stelle ich mit gespieltem Entsetzen fest und werfe theatralisch meinen Kopf in den Nacken.

»Für mich wirst du immer die wunderschönste Frau bleiben, die ich je gesehen habe«, raunt er mit ernstem Gesichtsausdruck und streicht mir eine Haarsträhne hinters Ohr. Obwohl ich am liebsten sarkastisch mit den Augen rollen würde, verkneife ich mir diese Geste und presse ihm einen leidenschaftlichen Kuss auf die Lippen. Er grinst verschmitzt, legt einen Arm um mich und lässt sich rücklings mit mir auf die Decke fallen. Während ich gedankenlos in seinen Armen liege, streicht er mit seinem Daumen zaghaft meinen Bauch entlang. »Woran denkst du?«, frage ich nach einem Augenblick der Stille. »Ich hätte gern noch ein Baby«, flüstert er heiser. Da ich mit meinem Ohr auf seiner Brust liege, höre ich, wie sich augenblicklich sein Herzschlag beschleunigt. Da mich die Mittagssonne blendet, halte ich mir die Hand als Schattenspender vor die Stirn, als ich zu ihm aufsehe.

»Wow, das kam jetzt aber unerwartet«, sage ich atemlos.

»Wie lange denkst du schon darüber nach?«

»Du erinnerst dich an die violetten Strickjacken, die Mrs. Conroy für die Zwillinge gestrickt hat?« Ich nicke und runzle die Stirn. Seitdem wir in dieses Haus gezogen sind, habe ich unsere Nachbarin Mrs. Conroy, eine ältere Dame, die mich sehr an meine verstorbene Großmutter erinnert, fest ins Herz geschlossen. »Faye wollte ihre vor ein paar Wochen nicht mehr anziehen...« Er seufzt.

»Und?« Mein Stirnrunzeln vertieft sich. *Worauf will er hinaus?* »Hope hatte ihre Strickjacke an. Faye meinte, sie ist allmählich *zu alt*, um mit ihrer Schwester im Partner-look herumzulaufen.« Bei dem Wort „alt" verzieht er das Gesicht so, als hätte er in eine Zitrone gebissen. Ich habe größte Mühe, mir ein Kichern zu verkneifen. »James«, hauche ich und streiche über seine Wange. Mitten in der Bewegung hält er meine Hand fest. »Bald gehen die beiden aufs College, werden heiraten und brauchen uns nicht mehr. Babys brauchen einen immer.« Die Worte sprudeln in einen Strom aus Entsetzen und Hysterie aus ihm heraus. Dabei ist seine Tonlage so ernst, dass ich mir ein Schmunzeln nicht länger verkneifen kann. »Du denkst in zu großen Schritten«, entgegne ich gerührt. »Die beiden werden uns noch eine sehr lange Zeit brauchen.« James richtet sich auf und stützt sich auf den Ellenbogen ab.

»Du möchtest keine Kinder mehr?«, fragt er enttäuscht.

»In wenigen Minuten haben wir das Haus voller Gäste«, antworte ich nur. Um ehrlich zu sein, muss ich gestehen, dass mich diese Frage gerade ein wenig überfordert. Zugegebenermaßen habe ich noch nie darüber nachgedacht, ob ich noch weitere Kinder haben möchte. Obwohl die Schwangerschaft der Zwillinge nicht geplant war, könnten wir mit unserer kleinen Familie wohl kaum glücklicher sein. James sieht mich weiterhin erwartungsvoll an. »Du bist die Liebe meines Lebens,

James. Und unsere Töchter sind mein ein und alles. Wenn es dir damit ernst ist, kann ich mir nichts Schöneres vorstellen, als unsere Familie zu erweitern«, antworte ich spontan aus dem Bauch heraus. Ein erleichtertes Lächeln huscht über sein Gesicht.

»Ich vermisse, wie Hope immer *Tis* statt Tisch sagte, als sie noch kein *sch* aussprechen konnte.« Ich lasse meinen Blick gedankenversunken über die Wiese schweifen. James streicht mir sanft eine widerspenstige Strähne aus dem Gesicht und klemmt sie hinter mein Ohr.

»Mommy, Daddy, es hat an der Tür geklingelt. Das ist bestimmt Onkel Jackson«, ruft Faye uns aufgeregt von der Veranda aus zu. Lächelnd schüttle ich den Kopf. »Genug für heute in Erinnerungen geschwelgt. Auf mit dir!« Ich stehe auf und reiche James meine Hand, die er grinsend ergreift. Als er vor mir steht, zieht er mich dicht an sich heran. Er taxiert mich fest mit seinem Blick, legt seine Hände um mein Gesicht und küsst mich inbrünstig. Als er sich von mir löst, grinst er gewohnt arrogant.

»Wir fahren nächstes Wochenende ins Spa. Nur du und ich, die Zwillinge bleiben so lange bei meinem Bruder.« Überrascht schießen meine Augenbrauen in die Höhe.

»Nur wir zwei?«, frage ich voller Vorfreude.

»Nur wir zwei«, wiederholt er freudestrahlend.

»Mommy!«, ruft Faye erneut, diesmal jedoch drei Oktaven höher als davor, was mir unmissverständlich zu verstehen gibt, dass sie langsam ungeduldig wird. Lächelnd verdrehe ich die Augen. James presst mir einen flüchtigen Kuss auf die Stirn und verschwindet eilig ins Haus. Während ich die Decke zusammenlege muss ich unaufhörlich lächeln. James hat Recht. Die Zeit *ist* wahnsinnig schnell vergangen, doch ich habe jede Minute mit ihm und unseren Töchtern genossen.

Kapitel 2

James

»*J*ames, aufstehen!« Verschlafen blinzle ich zu Marissa hoch, dabei gebe ich ein geräuschvolles Gähnen von mir. Schlaftrunken streiche ich mir einige meiner wirren Haare aus dem Gesicht.

»Wie spät ist es?«, nuschle ich ins Kissen.

»Halb neun. Ich habe die Mädchen gerade an der Schule abgesetzt. Du liebe Güte, James! Wie viel hast du getrunken?« Vorwurfsvoll hebt sie eine Augenbraue. »Ein wenig«, stöhne ich. Sie räumt sichtlich genervt einige meiner am Boden herumliegenden Kleidungsstücke in den Wäschekorb. »Das muss aufhören, und zwar sofort!«, sagt sie entschieden, während sie zwei kleine, leere Wodkaflaschen vom Nachttisch räumt. Als ich mich schleppend im Bett aufsetze, sehe ich sie entschuldigend an und halte ihren Arm fest, so dass sie gezwungen ist, mitten in der Bewegung stehenzubleiben. »Ich liebe dich. Das weißt du doch, oder?« Sie atmet einmal hörbar aus.

»*Ich weiß es. Und ich liebe dich, daran wird sich auch nie etwas ändern. Aber deine Trinkerei dulde ich in diesem Haus nicht.*« Sie löst sich von mir und sieht mir nachdrücklich in die Augen. »*Das dulde ich nicht!*«, wiederholt sie mit einem Gesichtsausdruck, der keinen Widerspruch zulässt.

»Daddy?« Verwirrt reiße ich meine Augen auf. Hope steht vor meinem Bett, in ihren großen, blauen Augen zeichnet sich eine tiefe Besorgnis ab. »Was ist denn los, mein Engel?« Blinzelnd werfe ich einen Blick auf den Wecker: es ist 04:30 Uhr. Sie runzelt die Stirn. »Du hast ganz laut nach Mommy gerufen«, flüstert sie. Hinter ihr nehme ich eine flüchtige Bewegung wahr. Als ich mich aufsetze, sehe ich Faye im Türrahmen stehen, ihren flauschigen Stoffwal aus Babyzeiten fest umklammert. »Deine laute Stimme hat Faye erschreckt«, erklärt Hope traurig. Sofort ziehe ich mir ein Shirt über, greife nach Hopes Hand und gehe mit ihr zu Faye. »Ich wollte euch nicht erschrecken. Daddy hat nur geträumt«, erkläre ich so ruhig wie möglich und setze mir Faye auf die eine und Hope auf die andere Hüfte. »Ihr solltet noch ein wenig schlafen. Es ist alles in Ordnung«, raune ich tröstend, in dem quälenden Wissen, dass meine eigenen Worte gelogen sind. Nachdem ich die Mädchen beruhigt und wieder ins Bett gebracht habe, nippe ich an einer meiner kleinen, fast leeren Wodkaflaschen, die auf meinem Nachttisch stehen. Dann hole ich zwei Schlaftabletten aus der Nachttischschublade, die ich begierig mit den letzten Tropfen des Wodkas herunterspüle. Unweigerlich drängen sich mir die Bilder meiner schlafenden Töchter ins Gedächtnis, ein Anblick, den ich kaum ertrage. Faye und Hope sind Marissa wie aus dem Gesicht geschnitten. Die langen Wimpern, die zierliche Nase bis hin zu den zarten Sommersprossen gleichen sie meiner Frau schmerzlich. Dieser Anblick, den ich noch vor wenigen Wochen stets genossen habe, zerreißt mich jetzt auf eine Art und Weise, für die ich keine Worte finde. Obwohl Marissa immer das Gegenteil behauptete, erkenne ich mich nur in den blonden Haaren der Mädchen wieder. Mit ausdruckslosem Blick starre ich auf die leere Betthälfte neben mir. Als ich mich wieder hinlege, umklammere ich Marissas Kissen so fest ich kann. »Wo bist du nur? Ich schaffe es einfach nicht, ohne dich«, schluchze ich beinahe lautlos in ihr Kissen. In meinem Kopf beginnt sich alles zu drehen. Ich habe das Gefühl, mich jeden Augenblick übergeben zu müssen. Nach einer gefühlten Ewigkeit falle ich in einen unruhigen Schlaf.

Kapitel 3

»James?« Für den Bruchteil einer Sekunde huscht mir ein Lächeln übers Gesicht, als eine zarte Frauenstimme in mein Bewusstsein dringt. Doch als ich meine Augen öffne, blicke ich zu meinem Missfallen direkt in Amaras vorwurfsvolles Gesicht. »Ich habe mich selbst hereingelassen. Was ist hier los?«, fragt sie und räumt entgeistert unzählige Wodka- und Bierflaschen in den Papierkorb. »Ich hatte Durst«, zische ich mürrisch und reibe mir schläfrig etwas Schlaf aus den Augen. Ihr entfährt ein sarkastisches Schnauben. »Ja, du hast in letzter Zeit ziemlich oft Durst«, entgegnet sie zynisch. Als ich mich aufsetze, fällt mein Blick auf den Wecker, es ist bereits nach acht Uhr. »Scheiße! Die Mädchen kommen schon wieder zu spät in die Schule«, fluche ich und ziehe mir hastig meine Jeans über. »Ich habe die beiden gerade zur Schule gefahren. Sie haben dich nicht aufgeweckt bekommen.« Besorgt runzelt sie die Stirn. »James. Ich weiß, was für eine schwere Zeit du gerade durchmachst, aber...« Mitten im Satz unterbreche ich sie durch ein missbilligendes Schnalzen mit der Zunge. »Einen Scheiß weißt du.« Sofort bekomme ich ein schlechtes Gewissen, als ich ihren gekränkten Gesichtsausdruck wahrnehme. »Tut mir leid«, sage ich leidenschaftslos und fahre mir mit der Hand durchs Haar. »Rasier dich, wasch dir mal wieder die Haare und hör endlich damit auf!« Amara hält mir eine Wodkaflasche entgegen, die ich stöhnend entgegennehme. »Ja, ja...«, murmle ich genervt. Als sie sich an den Rand des Bettes setzt, legt sie beinahe beiläufig behutsam einen Arm um mich, woraufhin ich mich augenblicklich versteife.

»Wir vermissen sie alle, James. Aber Marissa ist tot...«, ihre Stimme bricht. Bei diesen Worten schüttle ich instinktiv ihre Hand von meiner Schulter ab. Außer mir vor Zorn schmeiße ich die Flasche gegen die Wand, die sofort mit einem abrupten Klirren zu Bruch geht. »Wage es bloß nicht!«, zische ich und baue mich drohend vor ihr auf. Ich spüre so eine immense Wut in mir hochkochen, dass ich kurz davor bin, ihr eine zu verpassen. Dieser Gedanke jagt mir einen Schauer über den Rücken und zwingt mich augenblicklich, verschämt meinen Blick von ihr abzuwenden. Sichtlich erschrocken über meinen unverhohlenen Wutausbruch weicht sie zwei Schritte zurück. »Ich werde die Mädchen mit zu uns nehmen. Jackson und ich halten das für die sinnvollste Lösung. Bekomme deine Trinkerei in den Griff, James. Wir sind immer für dich da, aber du musst dich wirklich erst mal um dich selbst kümmern.« Ohne ein weiteres Wort von mir abzuwarten, greift sie nach einer gepackten Reisetasche, die mir vorher gar nicht aufgefallen ist, und verlässt das Haus.

Wie in den letzten Wochen üblich verbringe ich meinen Abend in einer kleinen, schäbigen Kneipe im Nachbarort. Während ich niedergeschlagen in meinen Drink starre, bemerke ich im Augenwinkel, wie mich jemand beobachtet. Als ich meinen Blick hebe, sehe ich, wie mich eine junge Blondine, schätzungsweise in meinem Alter, verschmitzt anlächelt. Aufreizend kaut sie an ihrer rot geschminkten Unterlippe und mustert mich wie in Zeitlupe vom Scheitel bis zur Sohle. Genervt wende ich meinen Blick wieder ab und kippe begierig meinen Whisky herunter. Als ich erneut zu ihr herüberschaue, legt ein muskelbepackter Typ, der wie auf Steroide aussieht, Revier markierend seinen tätowierten Arm um sie. Er wirft mir einen vernichtenden Blick zu. Provozierend nehme ich mit der Blondine wieder Augenkontakt auf und schenke ihr ein kleines, flirtendes Lächeln. Ihr Freund reagiert wie von mir erwartet. Augenblicklich stürmt der Typ auf mich zu und packt mich am Kragen. Dann versetzt er mir einen gezielten Schlag mit der Faust ins Gesicht. Als ich zurückschlage, mischen sich einige seiner Freunde ein und stoßen mich mit voller Kraft gegen einen Billardtisch. Einer von ihnen schnappt sich einen Queue und versetzt mir damit einen schmerzhaften Schlag auf den Rücken. Noch bevor ich weiß, wie mir geschieht, fliege ich so schwungvoll über den Billardtisch, dass daraufhin einige der Billardkugeln geräuschvoll auf die dreckigen Fußbodenfliesen knallen. Noch ehe ich zu Atem kommen kann, werde ich von hinten gepackt und mit dem Kopf gegen einen Holzbalken geknallt. Für den Bruchteil einer Sekunde erscheinen kleine Lichtblitze vor meinen Augen. Inzwischen kann ich mein eigenes Blut im Rachen schmecken, doch ich denke gar nicht daran, mich aus dem Staub zu machen. Provokant greife ich nach einer herumliegenden Billardkugel und schlage sie dem Typen, der am nächsten von mir steht, gegen den Kopf. Unmittelbar werde ich erneut am Kragen gepackt und aus der Kneipentür getreten. Während ich blutend am Boden liege, treten die Kerle wie von Sinnen auf mich ein. Ich wehre mich nicht. Als ich bewegungslos am Boden liegen bleibe, gehen sie schließlich zurück in die Kneipe und lachen dabei lautstark. Wie paralysiert bleibe ich auf dem kalten Boden liegen und starre ausdruckslos in den pechschwarzen Himmel. Das plötzliche Klingeln meines Handys befreit mich aus meiner Paralyse. Schleppend greife ich mir an die Hintertasche meiner Jeans, ertaste mein Handy und gehe ran. »Hallo«, melde ich mich, doch mein ganzes Gesicht fühlt sich so geschwollen an, dass ich kaum einen verständlichen Laut herausbringe.

»James, hier spricht Jackson. Wir haben die Mädchen vor einer Stunde ins Bett gebracht und ich wollte dir nur Bescheid geben, dass alles in Ordnung ist. Ich hoffe, du nutzt die Zeit, um wieder einen klaren Kopf zu bekommen. Wir machen uns Sorgen.«

Vorsichtig raffe ich mich auf und spucke ein wenig Blut

auf die Straße neben mir. »Alles in bester Ordnung. Bin gerade dabei.« Grinsend lege ich auf.

Kapitel 4

Marissa

Zwei Monate früher:

»Ich bin wieder zuhause. Wo steckt ihr denn alle?«, rufe ich, als ich das stille Haus betrete. Während ich mich nach James und den Zwillingen umsehe, stelle ich beiläufig meine Einkaufstaschen auf dem Couchtisch ab. Ava und ich waren das erste Mal seit einer Ewigkeit wieder shoppen. Solche Aktivitäten fallen mir nach wie vor nicht immer leicht, aber meine Angststörung ist mittlerweile wie ein nerviges Hintergrundrauschen – immer vorhanden, aber nicht mehr so präsent. Meine Ehe mit James ist glücklich und stabil, in meiner Rolle als Mom blühe ich vollkommen auf. Ich vermute, dass ich zum Großteil meiner Familie diesen harmonischen Zustand verdanke. Bei diesem Gedanken ertappe ich mich, wie sich meine Lippen unwillkürlich zu einem

Lächeln verziehen. Als ich in die Küche gehe, um mir ein Glas Wasser zu holen, höre ich Stimmen und Gelächter aus dem Garten. Schmunzelnd stelle ich mich vor die halb geöffnete Verandatür und lausche. Es klingt so, als würde Hope ihre Schwester darüber belehren, wie man Förmchen und Eimer nach dem Spielen am besten am Sandkastenrand aufreiht. *Hope- mein kleiner, perfektionistischer Dickkopf!* Diesen eisernen Willen, alles in vollkommener Perfektion hinzubekommen, muss sie gewiss von James geerbt haben. Kopfschüttelnd, aber noch immer lächelnd, nippe ich an meinem Wasserglas und beschließe, James und meinen Töchtern Gesellschaft zu leisten.

»Mommy ist wieder da!«, ruft James den Mädchen zu, die im Sandkasten Burgen bauen, während er grinsend auf mich zukommt.

»Mommy, sieh mal, wie groß mein Sandturm ist!«, ruft Hope stolz. »Ja, ich sehe es! Das habt ihr ganz toll gemacht«, erwidere ich schmunzelnd. James presst mir einen ungezügelten Kuss auf die Lippen und hinterlässt ein wenig Sand auf meiner Wange, als er mir die Hände ums Gesicht schmiegt. »Ihr seid ja lange unterwegs gewesen. War es schön?«, fragt er und blickt mir liebevoll in die Augen. Freudestrahlend nicke ich. »Was habt ihr gemacht, außer Sandburgen zu bauen?« Ich zwinkere ihm zu. »Jackson und Amara sind mit Tate vor wenigen Augenblicken losgefahren. Die Kinder haben zusammen gespielt, während wir Erwachsenen uns die Zeit mit belanglosem Gerede vertrieben haben«, erklärt er grinsend. »Das klingt wunderbar. Ich werde reingehen, um das Abendessen zuzubereiten.« Ich drücke James einen flüchtigen Kuss auf seine stoppelige Wange und überlege auf dem Weg in die Küche, was ich heute Abend kochen könnte.

Vorsichtig umschließen meine Lippen den Löffel, um zaghaft ein wenig der heißen Brühe abzuschmecken. Perfekt! Äußerst zufrieden verstaue ich den Löffel in der Spülmaschine und lege den Deckel schräg auf den Topf zurück. Während ich den Gemüseeintopf noch eine Weile vor sich hin köcheln lasse, gehe ich gedankenverloren die Post durch. Zwei Rechnungen, ein Umschlag, der offensichtlich Werbung enthält und ein Brief, der handschriftlich an mich adressiert wurde. Mit gerunzelter Stirn öffne ich gespannt den Umschlag und schneide mich prompt an dem Papier. Verärgert über meine Ungeschicklichkeit rolle ich mit den Augen, das ist so typisch für mich. Mit gerümpfter Nase stecke ich mir die Fingerspitze in den Mund, um den kleinen Blutstropfen, der aus der Wunde quillt, zu beseitigen. Dann richte ich meine Aufmerksamkeit auf den Zettel und beginne zu lesen.

Ich weiß nicht, was mit meinem Bruder geschehen ist, aber ich weiß, dass Du Schlampe etwas mit seinem Verschwinden zu tun hast! Ich will sein Erbe, und zwar alles! Wir treffen uns morgen um 10 Uhr im Regopark, dann besprechen wir die Einzelheiten. Verständigst Du Deinen nichtsnutzigen Mann oder die Polizei, wird Dir nicht gefallen, was als nächstes geschieht!

PS: Deine Töchter und Tate beim Spielen zu beobachten erwärmt mir immer wieder das Herz...

Mit angehaltenem Atem lese ich die Zeilen immer wieder, Wort für Wort. Meine Gedanken überschlagen sich. *Wir werden beobachtet!* Ich kenne Brians Bruder Nathan nur flüchtig, da er und Brian sich nicht besonders nahegestanden haben. Er war schon immer missgünstig und neidisch auf den Erfolg von Brian und warf mir sogar einmal vor, nur hinter seinem Geld her zu sein. Nachdem die Scheidung rechtskräftig wurde, habe ich jenen Teil seines Vermögens, der mir zustand, abgelehnt. Ich wollte, dass Brian aus meinem Leben verschwindet, daher wollte ich auch nichts von seinem Geld.

»Was hast du denn da?«, raunt James hinter mir und umschlingt meine Taille. Sofort zucke ich schreckhaft zusammen. »Nur Rechnungen«, antworte ich monoton und falte den Zettel hektisch wieder zusammen. »Würdest du schon mal den Tisch decken?« Ich versuche die Panik in meiner Stimme zu verbergen und lächle James mit gespielter Lässigkeit zu. Hope und Faye betreten kichernd die Küche und hinterlassen mit jedem ihrer Schritte etwas Sand auf den Fliesen. Mit gerunzelter Stirn greift James nach den Tellern, die gestapelt auf der Anrichte stehen und beginnt, mechanisch den Tisch zu decken. Unter einem Stapel anderer Papiere verstaue ich Nathans Nachricht unauffällig im hintersten Teil jener Schublade, von der ich weiß, dass James dort so gut wie nie einen Blick reinwirft.

»Wascht euch die Hände und zieht eure sandigen Schuhe aus!«, rufe ich den Zwillingen nach, als sie Richtung Flur verschwinden. »Okay, Mommy«, lachen sie und hasten um die Wette die Stufen zum Bad hoch.

Als Faye und Hope eingeschlafen sind, schalte ich leise das Nachtlicht aus und schleiche aus dem Kinderzimmer. Wie üblich lasse ich ihre Tür einen Spalt breit auf. Routiniert lege ich meinen Bademantel auf den kleinen Stuhl in der hintersten Ecke des Schlafzimmer, ehe ich mich zu James ins Bett lege. Sofort hebt er seinen Arm einladend an, ein unmissverständliches Zeichen dafür, dass ich näher zu ihm kommen soll. Bereitwillig schmiege ich meinen Kopf an seine Brust, dabei entfährt mir ein lautloses Gähnen. Tief in meine Gedanken versunken knibble ich an einem losen Faden, der aus dem Kragen seines Shirts ragt. »Ist irgendwas los? Hast du dich mit

Ava gestritten?« Seine Stimme klingt besorgt. Überrascht blicke ich zu ihm auf. »Nein«, antworte ich wahrheitsgemäß und schenke ihm ein beruhigendes Lächeln. Er runzelt skeptisch die Stirn, hakt aber nicht weiter nach, während er mir sanft durchs Haar streicht. Eine ganze Weile ist es still, während ich angestrengt den morgigen Tag vor meinem geistigen Auge abspiele. Was will Nathan von mir? Ich habe kein Geld, das muss ihm doch bewusst sein, wenn er sich schon die Mühe machte, uns auszuspionieren. Obwohl sich jede Faser meines Körpers gegen ein Treffen mit ihm sträubt, habe ich beschlossen, mir anzuhören, was er will. Lediglich, um einzuschätzen, ob er eine ernsthafte Gefahr für meine Familie oder mich darstellen könnte. Der Regopark ist meistens gut besucht. Gerade vormittags an solch sonnigen Tagen sind viele Paare mit ihren Kindern dort unterwegs. Unweigerlich drängen sich mir die Erinnerungen ins Gedächtnis, als Brian James, Jackson, Amara und mich vor einigen Jahren entführen ließ. Was wäre, wenn Nathan dasselbe Psychopathen-Gen in sich trägt? Ich versuche diesen beängstigenden Gedanken sofort abzuschütteln. *Der Blitz schlägt nie zweimal am selben Ort ein,* kommt es mir in den Sinn. Doch diese Weisheit spendet mir nicht im Geringsten Trost. Instinktiv schmiege ich mich enger an James und vergrabe meine Nase tief an seinem Hals. Während ich begierig seinen beruhigenden Duft in mir aufsauge, blickt er grinsend auf mich herab und beginnt, mein Gesicht mit federleichten Küssen zu bedecken. Ich schmiege ihm meine Hand um seine Wange und drehe sein Gesicht so zu mir, dass ich ihn ungehindert direkt auf den Mund küssen kann. Ungestüm rolle ich mich auf ihn, dabei nestle ich hektisch an seinem Shirt. Er grinst vielsagend, umschlingt meine Handgelenke und setzt sich so auf, dass unsere Gesichter nur wenige Zentimeter voneinander entfernt sind. »Lass mich das machen!«, raunt er und befreit sich mit einem koketten Grinsen von seinem Shirt. Vorsichtig streiche ich über seine Brustmuskeln und spüre seinen raschen Herzschlag unter meinen Fingerspitzen. Es erstaunt mich immer wieder, dass James' Berührungen, nein, seine bloße Anwesenheit, ausreicht, um mir ein Gefühl der absoluten Sicherheit zu vermitteln. Für den Bruchteil einer Sekunde ziehe ich in Erwägung, ihm von dem Brief zu erzählen. Doch im selben Augenblick wird mir bewusst, dass er sich zu meinem Schutz auf jeden Fall einmischen wird und dieses Risiko kann und will ich nicht eingehen.

»Alles in Ordnung? Du scheinst so abwesend zu sein«, nuschelt er zwischen zwei Küssen. »Weißt du eigentlich, wie sehr ich dich liebe und dass ich bereit wäre, *alles* für dich und die Mädchen zu tun?« Nun scheint sein Misstrauen vollends geweckt zu sein. Er bedenkt mich mit einem sorgenvollen Blick und zieht eine Augenbraue hoch, die knisternde Atmosphäre von gerade ist schlagartig erloschen.

»Ja, das weiß ich. Was ist los?« Er sieht mir nachdrücklich in die Augen. Kopfschüttelnd versuche ich seine Sorge mit einem kleinen Lächeln zu überspielen und beginne erneut, ihn zu küssen.

»Ich habe dir in letzter Zeit viel zu selten gesagt, wie sehr ich dich liebe. Ich wollte nur, dass du das weißt«, antworte ich ausweichend. Er hält einen kurzen Moment inne und schmiegt seine Hände um mein Gesicht.

»Marissa, es gibt vieles, das ich nicht mit Sicherheit weiß, aber deine Liebe zu mir gehört ganz gewiss nicht zu diesen Dingen.« Beruhigt lächle ich ihm zu. »Du kannst mir alles sagen, das weißt du. Ist irgendetwas passiert, als du mit Ava unterwegs warst?« Die Besorgnis in seiner Stimme bricht mir beinahe das Herz. Erneut lege ich meine Lippen auf seine und küsse ihn so inbrünstig, wie ich nur kann. Als ich mich schließlich von meinem Nachtshirt befreie, ist seine Aufmerksamkeit vollends in eine andere Richtung gelenkt. Mit einem verschmitzten Grinsen dreht er mich schwungvoll herum, sodass ich unter ihm liege. Dann beginnt er, zärtlich meinen Hals zu küssen, bis runter zum Schlüsselbein und wieder zurück. Sofort spüre ich, wie die Anspannung meinen Körper verlässt. Mit einem erstickten Stöhnen gebe ich mich James' Nähe voll und ganz hin.

Kapitel 5

»**G**uten Morgen«, raunt James gut gelaunt, als er die Küche betritt. Ich strahle ihn an. »Cappuccino?«

Ich reiche ihm eine dampfende Tasse. »Gern. Danke.« Er nimmt mir die Tasse aus der Hand und drückt mir im Vorbeigehen einen flüchtigen Kuss aufs Haar. »Mädels, Tante Amara ist da!«, rufe ich, als ich Amaras Wagen durchs Küchenfenster vor unserem Haus einparken sehe. »Wir sind doch schon längst fertig«, erwidert Hope sichtlich zufrieden und hält als Beweis ihren rosa Ranzen hoch. Sorgsam streiche ich ihr übers Haar, während ich die beiden zur Tür begleite.

»Bis später, Daddy«, trällert Hope und wendet sich James zu, woraufhin er den beiden winkenden Mädchen einen Luftkuss zuwirft. »Ich hole euch später von der Schule ab, dann gehen wir ein Eis essen«, verspreche ich den beiden. Voller Vorfreude nicken die beiden und grinsen begeistert. Ich küsse die Mädchen zum Abschied auf die Stirn und sehe ihnen nach, bis sie hinten in Amaras SUV Platz genommen haben.

Gedankenversunken tippen meine Finger immer wieder auf das Holz der Tischplatte, bis James dies stirnrunzelnd unterbindet, indem er seine Hand auf die meine legt. »Was ist los?«, fragt er mit einer Mischung aus Amüsement und Skepsis. »Gar nichts«, lüge ich und fühle mich unter seinem eindringlichen Blick plötzlich unheimlich schuldig. Ich entziehe ihm meine Hand und knibble nervös an der Naht meiner Jeans. James setzt einen nachdenklichen Gesichtsausdruck auf und zieht eine Augenbraue hoch. Verlegen schaue ich auf meine Finger, die ich inzwischen unruhig unter dem Tisch knete. James sagt kein Wort, während ich seinen eindringlichen Blick weiterhin auf mir ruhen spüre. Irgendwie ist mir die plötzliche Stille um uns herum unangenehm, daher beschließe ich, diese mit etwas Belanglosem zu durchbrechen. »Magst du noch einen Cappuccino, bevor du los musst?«, frage ich ihn. Er blickt auf die Uhr und schüttelt kauend den Kopf. »Ich bin spät dran, Babe.« Er wirft mir ein entschuldigendes Lächeln zu. »Dann räume ich schon mal das Geschirr in die **Spül**maschine«, beschließe ich und verlasse den Frühstückstisch. James, der gerade in sein Croissant beißen wollte, hält mitten in der Bewegung inne. »Frühstückst du denn gar nichts?« Sein Blick wirkt besorgt. »Hab ich schon«, erkläre ich lahm und nicke rüber zu meiner leeren Kaffeetasse. *Ich bin viel zu hibbelig, um auch nur einen Bissen herunter zu bekommen.* Seufzend legt er sein Croissant beiseite und verschränkt die Arme vor der Brust. »Das ist also deine Vorstellung eines vollwertigen Frühstücks? Interessant«, merkt er argwöhnisch an. Bei seinem tadelnden Tonfall habe ich Mühe, mir ein Grinsen zu verkneifen. *Ich werde schon nicht vom Fleisch fallen.* Da ich nicht möchte, dass James sich unnötige Gedanken um mich macht, setze ich mich wieder zurück an den Tisch. Ich befülle eine leere Schale mit einigen Haferflocken und schütte etwas Sojamilch drüber. Als ich zu essen beginne, bedenkt er mich mit einem selbstzufriedenen Lächeln, das ich kopfschüttelnd erwidere.

»Ich wünsche dir einen schönen Arbeitstag.« James, der gerade in seiner Malerhose auf mich zukommt, bedenkt mich mit einem schiefen Grinsen. »Hey, hey. Warum so eilig? Ich will mich doch erst von meinem Mädchen verabschieden«, raunt er und presst mir einen ungezügelten Kuss auf den Mund. Als er sich von mir löst, umspielt sein gewohnt arrogantes Grinsen seine Lippen. Liebevoll blickt er mir in die Augen, während er seinen Daumen zärtlich über meine Unterlippe streicht. Augenblicklich erfüllt mich eine tiefgreifende Angst, als sich meine Tagesplanung, das Treffen mit Nathan, in mein Gedächtnis dringt. Es ist mir schlichtweg zuwider, James etwas zu verheimlichen. Gerade in Momenten wie diesen, wo mir schmerzhaft bewusst wird, wie sehr ich diesen Mann liebe und er mich liebt, raubt mir dieses Schuldgefühl beinahe den Atem. Grinsend löst sich James von mir und streicht mir behutsam eine Strähne hinters Ohr.

»Was hast du heute vor?«, fragt er argwöhnisch, als er sieht, dass ich bereits meine Sneakers anhabe. *Wann habe ich mir die angezogen?* »Ich treffe mich gleich mit Ava«, schwindle ich rasch und vermeide es geschickt, seinem Blick zu begegnen. »Okay, ich wünsche euch viel Spaß«, entgegnet er mit leichtem Misstrauen in der Stimme. Es scheint einen Augenblick so, als ob er noch etwas hinzufügen wollte, doch als sein Blick erneut auf die Uhr fällt, drückt er mir einen flüchtigen Kuss auf die

Stirn und eilt aus dem Haus.

Angespannt blicke ich mich im Park um. Es ist bereits eine Viertelstunde nach Zehn Uhr und von Nathan ist nichts zu sehen. Gerade, als ich mich entschließe, wieder nach Hause zu fahren, kommt ein großer, dunkelhaariger und eindeutig gutaussehender Mann auf mich zu. Er sieht mich finster dreinblickend an und bleibt erst vor mir stehen, als sich unsere Schuhspitzen beinahe berühren. Unbehaglich weiche ich einen Schritt zurück. »Marissa. Schön wie eh und je«, merkt er beinahe anerkennend an. »Wie geht es deiner Familie? James hatte es heute Morgen ganz schön eilig, was?« Er grinst boshaft, die Arroganz und Verachtung dringen ihm aus sämtlichen Poren. Unwillkürlich verengen sich meine Augen ein klein wenig. »Was willst du, Nathan?« Ich versuche mir meine Unsicherheit nicht anmerken zu lassen. Auf seinen Gesichtszügen zeichnet sich ein überheblicher Ausdruck ab, der mich sofort an Brian erinnert. Ja, die Familienähnlichkeit ist unverkennbar. »Das, was ich schon immer wollte. Das, was mir zusteht.« Er sieht mich verbittert an, seine Lippen verziehen sich zu einer schmalen Linie. Mir entfährt ein verächtliches Schnauben. »Ich habe kein Geld. Wenn du so gut recherchiert hättest, wie du vorgibst, solltest du das wissen«, entgegne ich trocken. Nathan rückt mit seinem Gesicht bedrohlich nah an meines. Mir fällt es zunehmend schwerer, meine aufkeimende Panik zu ignorieren. Mein Herzschlag beschleunigt sich unaufhörlich. Hilfesuchend blicke ich mich im Park um, dabei bleibt mein Blick an einem älteren Paar haften, nur wenige Meter von mir entfernt. Doch da die beiden mit dem Rücken zu mir gewandt sitzen, schwindet meine Hoffnung nach Hilfe enorm. Sofort überlege ich fieberhaft, wie ich, falls notwendig, auf mich aufmerksam machen kann, ohne dass es für Nathan offensichtlich ist. »Ich dachte mir schon, dass du das sagen würdest.« Im Bruchteil einer Sekunde erscheint ein eigenartiges Glitzern in seinen Augen, dann zückt er ein Tuch und presst es mir auf den Mund. Noch ehe ich begreife, wie mir geschieht, verschwimmt meine Umgebung vor meinen Augen. Ich versuche mich zu wehren, seine Hände von mir abzuschütteln, doch ganz gleich, wie sehr ich mich bemühe, mein Körper hängt schlaff in seinen Armen. Um mich herum wird es schwarz.

Kapitel 6

James

»Das ist ja eine Überraschung! Was macht ihr denn hier?«, frage ich Jackson, der mit Faye und Hope am Küchentisch sitzt. »Mommy hat uns nicht von der Schule abgeholt«, beschwert sich Faye, die unglaublich niedergeschlagen ausschaut. Erstaunt schießen meine Augenbrauen in die Höhe. »Amara, Schatz. Magst du mit den Kleinen nach oben ins Kinderzimmer gehen?« Jackson wirft ihr einen vielsagenden Blick zu. »Na klar«, entgegnet sie mit erstickter Stimme und verlässt mit Tate und den Mädchen den Raum. Als die Vier aus meinem Blickfeld verschwunden sind, sehe ich besorgt zu Jackson. »Was ist hier los? Wo ist Marissa?« Jackson deutet mit dem Kopf zu dem Stuhl gegenüber von sich, doch mir ist nicht nach sitzen zumute. Kaum merklich schüttle ich den Kopf. »Da die Schulleitung dich nicht auf dem Handy erreichen konnte, haben wir einen Anruf bekommen, weil Marissa die Mädchen nicht abgeholt hat. Habt ihr euch gestritten?« Ich bemerke den zweifelnden Unterton in seiner Stimme. Selbst *wenn* wir uns gestritten hätten, würde Marissa niemals unsere Töchter einfach allein lassen. »Nein.« Mehr als dieses eine Wort bekomme ich nicht raus. Meine Kehle fühlt sich schlagartig staubtrocken an und ich spüre deutlich, wie mir sämtliche Farbe aus dem Gesicht weicht. Mit zittrigen Knien lehne ich mich gegen die Anrichte und versuche, einen klaren Kopf zu bewahren. »Sie hat sich heute Morgen mit Ava getroffen. Vielleicht ist sie noch bei ihr?« Geistesgegenwärtig zücke ich mein Handy und rufe bei Marissa an. *Ihr Handy ist ausgeschaltet.* Als nächstes wähle ich Avas Nummer. Nach dem dritten Klingeln geht sie ran. »James?«, meldet sie sich überrascht. »Ist Marissa noch bei dir?«, frage ich mit angehaltenem Atem. Für einige Sekunden ist es am anderen Ende der Leitung still. »Nein. Sie war heute auch gar nicht bei mir. Ich bin ziemlich in Eile, da ich gerade alles für meine Englandreise vorbereite. Was ist denn los, James?« Ich habe das Gefühl, als hätte mir jemand einen Tritt in die Magengrube verpasst. »Ruf mich an, wenn du etwas von ihr hörst.« Ich lege auf und wähle intuitiv die Nummer der Polizei.

Am nächsten Morgen, es ist noch nicht ganz hell draußen, höre ich Amara leise die Treppe herunterschleichen. »Du bist schon wach«, stellt sie mit besorgter Miene fest. »Wann bist du nachhause gekommen?« Sie setzt sich stirnrunzelnd zu mir auf die Couch.

»Ich bin die gesamte Nacht herumgefahren und habe nach ihr Ausschau gehalten. Keine Spur.« Deprimiert schlage ich mir die Hände vors Gesicht und reibe mir die müden Augen. »Danke, dass ihr hier übernachtet und die Stellung gehalten habt.« Sie seufzt leise auf und macht eine wegwerfende Handbewegung. »Das ist doch selbstverständlich.« Als mein Handy klingelt, gehe ich gleich nach dem ersten Klingeln hoffnungsvoll ran. Eine unbekannte Nummer. »Evans«, melde ich mich angespannt. »Mr. Evans, hier spricht Detective Andrews. Ich habe leider schlechte Neuigkeiten. Wir haben das Auto ihrer Frau gefunden. Es war völlig ausgebrannt. In dem Wagen befand sich eine leblose Frau, die zu meinem Bedauern auf die Beschreibung von Mrs. Evans passt...«

Als wäre mein Kopf unter Wasser, höre ich den Detective reden, kann seine Worte, die nur gedämpft in meinen

Verstand dringen, aber nicht erfassen. *Was zur Hölle soll das bedeuten?*

»Sie haben meine Frau gefunden?«, flüstere ich atemlos.

Amara bedenkt mich mit einem sorgenvollen Blick.

»Es tut mir sehr leid, Mr. Evans«, höre ich den Detective am anderen Ende der Leitung murmeln.

»Ich muss sie sehen«, flüstere ich und lege auf.

»Was ist passiert?« Amaras Stimme ist kaum lauter als ein Flüstern. »Sie haben Marissa gefunden. Sie ist…«

Ich schüttle den Kopf, bringe es nicht fertig, laut auszusprechen, was der Detective mir gesagt hat. Als Amara meinen gequälten Gesichtsausdruck deutet, füllen sich ihre Augen mit Tränen. »Nein… Das ist nicht dein Ernst«, haucht sie und schlägt sich die Hände vor dem Mund. Geistesabwesend schnappe ich mir meine Lederjacke, verlasse das Haus und rausche auf meinem Motorrad zum Polizeirevier.

»Was willst du hier?« Gerade als ich mein Motorrad zum Stehen gebracht habe, kommt Jackson vor dem Revier mit großen Schritten auf mich zu. »Amara hat mir alles erzählt. Ich bin sofort losgefahren. Warte, ich begleite dich«, entgegnet Jackson mit fester Stimme, doch ich merke sofort, wie sehr er sich zusammenreißt. Leidenschaftslos nicke ich ihm zu.

Mit zittrigen Beinen steigen wir in den Aufzug. Detective Andrews und irgendein anderer, mir unbekannter Mann im weißen Kittel stehen schweigend neben uns, während wir runter in die Räume der Gerichtsmedizin fahren. Im Keller des Gebäudes angekommen durchfährt mich ein Schauer. In dem grellbeleuchteten Gang herrscht eine drückende Stille, die nur von dem surrenden Geräusch der Neonlampen unterbrochen wird. »Sind Sie soweit?« Der Herr im weißen Kittel sieht mich fragend an, seine Hand verweilt auffordernd an der Türklinke. Wie erstarrt blicke ich auf den gebrochenen Mann, der sich in der Scheibe neben mir spiegelt. Ich habe Mühe zu begreifen, dass *ich* dieser Mann sein soll. Was, wenn es wirklich Marissa ist, die dort in diesem Zimmer liegt? Ein flüchtiger, grausamer Gedanke, den ich sofort zu unterbinden versuche. »Ich begleite Sie«, beschließt Jackson und folgt dem Mann augenblicklich, als er die Tür öffnet. Jede Sekunde kommt mir plötzlich wie Stunden vor. Doch mir wird schmerzlich bewusst, dass ich mich der Realität stellen muss. Entschieden gehe ich die letzten vier Schritte auf die geschlossene Tür zu. Ich sauge begierig meinen Atem ein und bete innerlich, dass sich mein Leben nicht in einen kompletten Albtraum verwandelt. Gerade als meine verschwitzen, noch immer zitternden Fingerspitzen die Klinke erreichen, kommt Jackson aus dem Zimmer gestürmt. Seine Augen sind schreckgeweitet, sein fahler Gesichtsausdruck wirkt regelrecht leblos und er keucht angestrengt. Er packt mich mit einem heftigen Ruck bei den Schultern. »Geh da nicht rein!«, befiehlt er mit abgehackten Atem. »Nein«, krächze ich, meine Stimme ist kaum lauter als ein Flüstern. Mit einem heftigen Stoß schubse ich Jackson von mir, *ich muss sie sehen!* Doch Jackson zerrt unbeirrt weiter an mir herum. »James, komm schon!« Erneut versuche ich ihn von mir zu stoßen, doch er schlingt seine Arme so fest es geht um meinen Oberkörper, während er sich mit seinem gesamten Körpergewicht gegen mich stemmt. Es scheint beinahe unmöglich von der Stelle zu kommen. »Lass mich los, du verdammter Bastard!«, brülle ich ihn an. In dem Moment öffnet sich für einen kurzen Augenblick die

Tür, was mir die Gelegenheit gibt, einen Blick ins Innere zu erspähen. Direkt gegenüber von mir, keine drei Meter entfernt, liegt eine zierliche Frau auf einem metallischen Tisch. Ihr Unterkörper wird von einem weißen Tuch bedeckt, wohingegen die obere Körperhälfte, die von starken Verbrennungen gezeichnet ist, einfach nackt daliegt. Mein Blick fällt auf den Ring, den sie am Finger trägt, *Marissas Ehering*. Im Bruchteil einer Sekunde schließt sich die Tür, als der Mann im Kittel den Raum verlässt.

»Ihr Verlust tut mir sehr leid«, sagt er monoton, richtet seine Brille und schlendert, den Blick eisern auf sein Klemmbrett gerichtet, an uns vorbei.

»Komm, James!«, fordert Jackson mich heiser auf.

»Sie ist es. Wir können nichts mehr für sie tun.« Seine Stimme bricht. Mit einem stummen Schrei sacke ich vor ihm zusammen.

Kapitel 7

Ausdruckslos starre ich auf den Sekundenzeiger der Küchenuhr. Tick, Tick, Tick, Tick... Ein penetrantes Geräusch, das unmissverständlich darauf aufmerksam macht, dass die Zeit gnadenlos verrinnt. Es ist bereits siebeneinhalb Wochen her, seitdem für mich die Zeit stehengeblieben ist. Dreiundfünfzig endlose Tage, in denen mir Gerichtsmediziner, Detective Andrews, Amara und Jackson einreden wollten, dass Marissa nicht mehr zurückkommt. Aufgrund meiner Einwände hat sich selbst die Beerdigung verschoben, doch an den Fakten hat dies nichts geändert. Marissa ist nicht hier. In einer halben Stunde soll ihre Beisetzung stattfinden. Im Haus herrscht ein reges Durcheinander, während ich wie gelähmt dasitze und meinen Daumennagel immer wieder über Marissas Ehering streifen lasse. Das einzige Überbleibsel, das mir im Moment aus einem unerklärlichen Grund Trost spendet. Jackson und Amara sind mit Tate im Wohnzimmer und warten auf mich. Die Zwillinge konnte Amara glücklicherweise bei Mrs. Conroy unterbringen. Genau wie Marissa haben sie die ältere Dame schnell ins Herz geschlossen. Entgegen Jacksons Rat habe ich mich entschieden, den Mädchen nichts von Marissas *angeblichen* Tod zu erzählen. Die Leiche war aufgrund der Verbrennungen für mich nicht eindeutig identifizierbar und ich weigere mich zu glauben, dass nach all der Scheiße, die wir erlebt haben, **das** das Ende unserer Liebe, unserer Familie, einfach von allem sein soll. Sie ist nicht tot, das würde ich spüren! Als ich bemerke, wie mir eine Träne die Wange herunterläuft, wische ich sie zornig weg.

»James, wir müssen los.«

Jackson berührt vorsichtig meinen Arm. Obwohl seine Mimik sehr gefestigt zu sein scheint, verraten die roten Ränder unter seinen Augen, dass er geweint hat.

»Ich komme nicht mit«, flüstere ich und wende meinen Blick von ihm ab. »James...« Geräuschvoll schiebe ich beim Aufstehen den Küchenstuhl über die Fliesen.

»Ich spiele bei dieser Farce nicht mit!« Bei meinem drohenden Unterton weicht Jackson instinktiv einen Schritt zurück. »James«, beginnt er erneut, sein Tonfall ist so ruhig, wie man mit einem Kind spricht, das getröstet wird. »Du musst dich von Marissa verabschieden.« Ich werfe ihm einen vernichtenden Blick zu, woraufhin er resigniert die Hände hebt. Als er die Küche verlässt, greife ich zum Scotch, den ich ganz hinten auf dem Hängeschrank hinter den Cornflakes versteckt habe. Gerade als meine Lippen den Flaschenhals berühren, betritt Amara den Raum. Ihre sonst so sanfte Miene wirkt augenblicklich vorwurfsvoll. »Deine Trinkerei ändert gar nichts. Du kannst Marissa nicht wieder herbeiführen.« Voller Zorn werfe ich den Scotch gegen die Wand, der mit einem lauten Klirren sofort zu Bruch geht. Amara zuckt vor Schreck kurz zusammen. »Du sagst mir nicht, was ich nicht tun kann!« Ungläubig starrt sie mich an. »James, es reicht! Wir gehen.« Jackson erscheint im Türrahmen und zieht Amara hastig aus dem Raum. Bevor er aus meinem Blickfeld verschwunden ist, wirft er mir einen strengen Blick zu, gepaart mit aufrichtiger Besorgnis. Wenige Augenblicke später höre ich, wie die Tür ins Schloss fällt.

Gedankenlos greife ich nach einer Flasche Wodka, die ich unter der Spüle versteckt habe und stelle gefrustet fest, dass sich kein einziger Tropfen mehr in der Flasche befindet. *So eine Scheiße!* Außer mir vor Wut landet auch diese Flasche mit einem lauten Zornesschrei gegen die Wand. Ungestüm fege ich das Geschirr und die selbstgebackenen Kuchen und Aufläufe, die einige Nachbarn als Geste des Trostes vorbeibrachten von der Anrichte und trete so heftig gegen die hölzerne Küchenschranktür, bis sie mit einem kurzen Knacks nachgibt. Dann reiße ich sämtliche Schubladen aus den Angeln und schmeiße sie wutentbrannt zu Boden. Die unzähligen Papiere, die Marissa stets sorgfältig dort aufbewahrte, verteilen sich wie Konfetti über den Küchenboden. »Wieso, verfluchte Scheiße?«, schreie ich aus vollem Halse und schlage gegen die Verandatür. Unter der Wucht meines Schlages gibt das Glas ein wenig nach und bildet einen tiefen Riss in der Scheibe, woraufhin meine Hand prompt zu bluten anfängt. Allmählich spüre ich, wie mich sämtliche Kraft verlässt.

Als meine aufgestaute Wut langsam entweicht, lasse ich mich auf den kühlen Fliesen nieder. Erst als ich einen salzigen Geschmack auf der Zunge wahrnehme, bemerke ich, dass mir erneut Tränen die Wange herunterlaufen. Trotzig wische ich mir mit dem Handrücken übers Gesicht und beginne mechanisch, einige Papiere unsortiert aufeinanderzustapeln. *Als ob es irgendjemanden interessiert, wie es hier aussieht.* Doch ich bemühe mich, diesen Gedanken sofort wieder zu verwerfen, denn ich muss mich zusammenreißen, meinen Töchtern zuliebe. Ich habe die beiden in dem Glauben gelassen, dass Marissa bei Ava in England ist, um ihr bei einer wichtigen Sache zu helfen. Wie sonst hätte ich ihre lange Abwesenheit erklären sollen? Es ist nicht ideal, aber sicherlich besser als mein eigenes Wissen. Denn wie um Himmels Willen soll ich meinen Töchtern etwas so Grausames erklären, von dem ich nicht mal selbst überzeugt bin?

Während mir unzählige Gedanken durch den Kopf schießen, entdecke ich im hinteren Bereich der Küche, neben einigen verirrten Scherben der Scotch Flasche, noch weitere Papiere. Augenrollend packe ich auch diese zusammen. Doch ein kleiner, zerknickter Zettel gewinnt sofort meine Aufmerksamkeit. Ohne eine weitere Sekunde zu verschwenden, entfalte ich ungeduldig das Blatt Papier und lese Zeile für Zeile.

Ich weiß nicht, was mit meinem Bruder geschehen ist, aber ich weiß, dass Du Schlampe etwas mit seinem Verschwinden zu tun hast! Ich will sein Erbe, und zwar alles! Wir treffen uns morgen um 10 Uhr im Regopark, dann besprechen wir die Einzelheiten. Verständigst Du Deinen nichtsnutzigen Mann oder die Polizei, wird Dir nicht gefallen, was als nächstes geschieht!

PS: Deine Töchter und Tate beim Spielen zu beobachten erwärmt mir immer wieder das Herz...

Wie gelähmt lese ich die Zeilen, wieder und wieder, bis sich mein Körper allmählich aus seiner Schockstarre befreit. Als ich meinen angehaltenen Atem entweichen lasse, entfährt mir ein hörbares Zischen. Ich spüre die pochende Schnittwunde an meiner Hand, während ich den Brief mit mahlenden Zähnen an meinen Oberkörper presse. *Marissa wurde erpresst.* Wieso hat sie verdammt nochmal kein Wort gesagt? Mir entfleucht ein abfälliges Schnauben. Natürlich hat sie nichts gesagt, weil sie uns beschützen wollte. Diese Frau, die ich so unendlich liebe und die sich grundsätzlich so wenig zutraut, hat ausgerechnet bei dieser Sache beschlossen, sich *alles* zuzutrauen. Ich sehe mir den Zettel noch einmal genau an, dabei bildet sich der Anflug eines Lächelns um meine Mundwinkel. Ich bin nicht verrückt, Marissa lebt! *Sie lebt!* Es kann gar nicht anders sein. Brian hatte also einen Bruder. In Windeseile beseitige ich das gröbste Chaos aus der Küche und stelle mich anschließend unter die Dusche. Ich betrachte die Gänsehaut, die sich auf meinem Oberkörper bildet, während das eiskalte Wasser langsam meinen Körper herunterrinnt. Ich muss dringend einen klaren Kopf bekommen. Nach der Dusche entsorge ich sämtliche Alkoholflaschen aus den Schränken und kippe die Reste angeekelt in den Ausguss der Spüle. Ohne Zeit zu verlieren rufe ich Jackson an und bitte ihn, die Mädchen für die nächsten Tage zu beaufsichtigen. Die Suche nach Marissa kann beginnen!

Mit einem leisen Seufzer schlingt Faye ihre Arme um meinen Hals. »Ich werde dich so schrecklich vermissen, Daddy«, flüstert sie. Mit geschlossenen Augen drücke ich sie ein wenig fester an mich und streiche ihr behutsam durchs gelockte Haar. »Ich werde euch auch vermissen, sehr sogar«, murmle ich und ziehe Hope, die nur wenige Zentimeter von mir entfernt steht, ebenfalls dicht an mich heran. Bereitwillig lässt sie sich in meinen Armen nieder.

»Ihr werdet einen wunderschönen Urlaub mit Onkel Jackson und Tante Amara haben. Und ich werde so schnell es geht wieder bei euch sein, mit Mommy«, verspreche ich mit fester Stimme. »Na kommt. Wir gehen schon mal zum Auto«, ertönt Amaras sanfte Stimme. Sie streckt den Mädchen einladend ihre Hand entgegen und nimmt die kleine Reisetasche an sich, in die ich einige Kleidungsstücke der Zwillinge verstaut habe. Sanft presse ich erst Hope, dann Faye einen Kuss auf die Stirn. »Ich liebe euch beide wirklich sehr.« Die Mädchen lächeln mich schwermütig an. »Ich liebe dich auch, Daddy«, sagen die beiden im Chor. Einen kurzen Augenblick später verschwinden die beiden mit Amara durch die Tür. Jackson bedenkt mich mit einem vorwurfsvollen Blick. »Wieso hast du den Mädchen das versprochen?«, fragt er anklagend und blickt sorgsam zur Tür, vermutlich um sicherzustellen, dass die beiden nichts von seiner Frage mitbekommen. Als ich ihm direkt gegenüber stehe, sehe ich ihm wissend in die Augen. »Weil Marissa lebt. Und ohne sie werde ich nicht zurückkommen.« Jacksons Augen weiten sich kaum merklich. »James, ich war auf Marissas Beerdigung. Und bei allem Verständnis und Mitgefühl, das ich zweifelsohne für dich habe, aber das ist Wahnsinn.« Seine Stimme ist kaum lauter als ein Flüstern. Ich nicke ihm stumm zu und fasse mir an die Hintertasche meiner Jeans. Dann reiche ich ihm den gefalteten Zettel und sehe ihn gespannt an, während er das Papierstück mit halb geöffneten Mund studiert. Wie in Zeitlupe richtet er schließlich seinen Blick wieder auf mich, sein Hautton wirkt plötzlich leichenblass. »Seit wann hast du den?«, fragt er und hält mir den Zettel entgegen.

»Seit gestern. Ihr wurde etwas angetan Jackson, aber sie lebt«, sage ich inbrünstig. Stirnrunzelnd scheint er nach den passenden Worten zu suchen. »Aber...Was hast du vor? Warst du schon bei der Polizei?« Erwartungsvoll sieht er mich an. Ich schnalze missbilligend mit der Zunge und setze einen Blick auf, als hätte er nun vollends den Verstand verloren. »Wozu? Mir wird ohnehin niemand glauben. Wie du schon sagtest, Marissa wurde beerdigt.« Es fällt mir schwer, meine Verbitterung zu verbergen. Ungläubig schüttelt er den Kopf. »Ich kann verstehen, dass du dir Hoffnungen machst, James. Glaub mir, das kann ich wirklich. Aber Marissas Leiche wurde doch gefunden. Ich habe sie selbst identifiziert.« Obwohl in seiner Stimme ein zweifelnder Unterton mitschwingt, kann ich mir ein bissiges Lächeln nicht verkneifen. »Wenn du das glauben willst, ist das deine Sache. Doch ich lasse Marissa nicht im Stich, *ich* gebe sie nicht so einfach auf.« Mittlerweile bebt meine Stimme vor Zorn. Ohne auf Jacksons Bedenken weiter einzugehen, haste ich rauf ins Schlafzimmer, schnappe mir meine gepackte Tasche und eile die Stufen genauso schnell wieder runter. »Warte!«, ruft Jackson, als meine Finger die Klinke erreichen. »Was passiert, wenn du sie nicht findest? Wann kommst du wieder?« Er sieht mich mit einer Mischung aus Unbehagen und Sorge an. »Ich finde sie«, zische ich. Jackson berührt mit schmerzerfülltem Gesicht meine Schulter. »Was, wenn du sie nicht findest?«, wiederholt er langsam. Erbost sehe ich ihm direkt in die Augen. »Dann komme ich nicht zurück.« Die Entschlossenheit in meiner Stimme lässt ihn zusammenzucken. »Und wie erkläre ich das deinen Töchtern? Das hätte Marissa nicht gewollt«, schimpft er aufgebracht. Angestrengt versuche ich meinen gequälten Gesichtsausdruck vor Jackson zu verbergen, während sich allmählich, wie so oft in letzter Zeit, Tränen in meinen Augen bilden. »Du kannst die beiden nicht alleine lassen. So ein Mensch bist du nicht«, flüstert Jackson heiser.

»Du hast keine Ahnung, was für ein Mensch ich ohne sie bin.« Ich schüttle seine Hand von meinem Arm ab und verschwinde, ohne mich noch einmal nach ihm umzudrehen.

Kapitel 8

Ungeduldig sitze ich im Heathman Hotel und betrachte den weißen Umschlag in meinen Händen. Immer wieder fahre ich mit meinen Fingerspitzen an den Geldscheinen entlang, die sichtbar aus dem Umschlag ragen. Nachdem ich den Erpresserbrief gefunden hatte, habe ich schnellstens alle Wertgegenstände aus dem Haus zu Bargeld gemacht, um den besten Privatdetektiv zu engagieren, den ich mir leisten kann. Miles Strong, zweiundvierzig Jahre alt, mit über siebzehn Jahren Berufserfahrung und ausschließlich positiven Resonanzen. So stand es zumindest in der Anzeige. Die Stille und das Warten machen mich ganz nervös, was sich dadurch äußert, dass mein Bein einfach nicht stillhalten will. Wie fremdgesteuert wippt es unentwegt auf und ab, allmählich habe ich das Gefühl, einen Krampf im Bein zu bekommen. Es klopft dreimal an der Tür. Sofort springe ich auf und öffne. »James Evans? Ich bin Miles Strong. Wir hatten telefoniert.« Höflich streckt er mir die Hand entgegen, die ich nur flüchtig ergreife. Ein wenig skeptisch beäuge ich den leger gekleideten Mann. Durch sein langes, schwarzes Haar, das er zu einem strengen Pferdeschwanz gebunden hat und seine etwas schlaksig sitzende Jeans, wirkt er viel mehr wie ein in die Jahre gekommener Skater, und keinesfalls wie ein professioneller Privatdetektiv. *Ich kann nur hoffen, dass mich dieser erste Eindruck gewaltig täuscht!* »Ich habe Ihr Geld. Was haben Sie herausgefunden?«, frage ich angespannt. Ohne sich von meiner sichtlichen Ungeduld beeinflussen zu lassen, setzt er sich an den kleinen Tisch, der in dem beengten Zimmer dicht neben dem schäbigen, kleinen Bett steht. Als er zu dem Stuhl von sich gegenüber nickt, nehme ich widerwillig ebenfalls Platz. Er holt einen dünnen Ordner aus seiner Tasche und platziert vor sich auf der Tischplatte einige lose Papiere. Dann schiebt er mir einen Zettel herüber, den ich ungeduldig begutachte. Auf dem Papier ist ein kleines schwarz-weiß Bild abgebildet, das einen grimmig dreinblickenden Mann, schätzungsweise um die vierzig Jahre zeigt. Die kurzen, dunklen Haare hat er streng nach hinten gegelt. Seine kalten Augen erinnern mich sofort an Brian. Ja, das muss sein Bruder sein! »Das ist Nathan Cooper. Er ist mehrfach wegen Körperverletzung, Stalking und Vergewaltigung vorbestraft«, erklärt Miles, sorgsam darauf bedacht, seiner Stimmlage keine Emotionen hinzuzufügen. »Er war wegen verschiedener Psychosen und seinem hohen Gewaltpotenzial fünf Jahre in der Psychiatrie.« Geschockt schießen meine Augenbrauen in die Höhe. Er überfliegt mit den Augen eine kleine Randnotiz an einem seiner Papiere. »Das war in seinen späten zwanzigern, ist also schon eine Weile her«, fügt er nachdenklich hinzu. *Soll mich das etwa beruhigen?* »Er wurde das letzte Mal vor einer Woche in diesem Baumarkt gesichtet.« Miles schiebt mir einen weiteren Zettel zu. Zu sehen ist Nathan, kaum erkennbar durch das unscharfe Bild der Überwachungskamera.

»In der Nähe befinden sich einige abgelegene Waldhütten. Zirka zehn Kilometer von Halefordcity entfernt Richtung Süden.« Als sich unsere Blicke treffen, nickt er mir ausdruckslos zu. Eilig greife ich nach meiner Tasche und lege den Umschlag auf den Tisch. »Zählen Sie ruhig nach, es ist alles da«, sage ich gehetzt. Mit erhobenen Augenbrauen steht er auf und reicht mir die

Hand. »Kann ich sonst noch irgendetwas für Sie tun?«, fragt er verwirrt. Ich schüttle flüchtig seine Hand und öffne die Tür. »Das kann ich mir nicht leisten«, entgegne ich trocken und verschwinde.

Während ich im Höchsttempo durch die verregneten Gassen fahre, spiele ich in Gedanken durch, wie ich vorgehen soll, wenn ich die Waldhütten erreicht habe. Als ich mein Motorrad am Waldrand zum Stehen bringe, durchsuche ich meine Tasche. Sorgfältig entfalte ich die Karte, die ich mir unterwegs im Copyshop ausgedruckt habe, um mir einen genauen Überblick der Gegend zu verschaffen. Die Waffe, die ich gestern Nacht im kleinkriminellen Viertel gekauft habe, verstaue ich in meinem Hosenbund, während ich mich prüfend umsehe. Dann schiebe ich mein Motorrad hinter einen der dichten Bäume, um es unauffällig zu platzieren. Nach einem tiefen Atemzug gehe ich die kleine Bergung hinauf, bis sich vor mir nichts weiter als Bäume und einige kleine Hütten befinden.

Als es zu dämmern anfängt, beschließe ich, eine Rast

einzulegen. In den letzten vier Stunden habe ich bereits sieben Hütten abgesucht. In nur einer der Hütten hat sich ein älteres Paar niedergelassen, die anderen schienen unbewohnt zu sein. Die ganze Landschaft wirkt gespenstisch. Um mich herum herrscht eine Totenstille und abgesehen von den kleinen, schäbigen Waldhütten, die jeweils schätzungsweise einen Kilometer auseinander liegen, befindet sich hier einfach nichts. Weder ein Mensch noch ein Tier ist weit und breit zu sehen. Völlig frustriert über den heutigen Misserfolg gehe ich einige Meter zurück und breche in eine der leerstehenden Hütten ein.

Im Inneren sieht es beinahe genauso aus wie von außen. Alles ist in einem dunklen Kastanienbraun gehalten, vom alten Boden bis hin zu den abgenutzten Küchenmöbeln. Ich schalte die große Stehlampe neben der Tür ein, sofort erhellt sich der Raum. Links von mir steht ein abgenutzter Futon, am Ende des Raumes befindet sich eine kleine Küchenzeile. Als ich die Schränke durchsuche, stelle ich überrascht fest, dass hier einige haltbare Lebensmittel eingelagert wurden. Nach einem kurzen

Blick in die Schublade greife ich nach dem Dosenöffner, der sich neben einigen vereinzelten Gabeln befindet und öffne mir eine Dose Spaghetti. Ich schlendere zum Futon und lege meine Beine ausgestreckt auf den Tisch, der vor mir steht. Während ich gierig einige Spaghetti herunterschlinge, studiere ich angestrengt die Karte. Laut Wegbeschreibung liegen nur noch vier Hütten vor mir, dann endet das Waldgebiet. Ich versuche meinen immer wiederkehrenden Gedanke, Marissa nicht hier vorzufinden, zu ignorieren. Diese Vorstellung tut so weh, dass sich mein Herz auf schmerzhafte Weise zusammenzieht. Obwohl ich nicht müde bin, beschließe ich, für eine Weile meine Augen zu schließen und mich auszuruhen.

Mit weit aufgerissenen Augen starre ich Marissas leblosen Körper an. »Wach auf, Sweetheart! Ich bin da«, schluchze ich, während ich ihren kalten, starren Körper gegen meinen presse. »Ich bin da. Mach deine verdammten Augen auf!« Mir entfährt ein lautes Schluchzen. Als ich meinen tränennassen Blick auf sie richte, reißt sie ihre Augen auf. »Wieso hast du mich sterben lassen?«, flüstert sie vorwurfsvoll. »Wieso, James?«

Schweißgebadet schrecke ich hoch. Erst nachdem ich mich einige Sekunden hektisch im Dämmerlicht des Raumes umgesehen habe, realisiere ich, wo ich bin. Zitternd presse ich mir die Hände gegen den Brustkorb. Mein Herz hämmert wie verrückt. Es war nur ein Traum! Angespannt fahre ich mir durchs wirre Haar, stecke Waffe und Karte ein und setze meine Suche nach Marissa im Morgengrauen fort.

Es sind laut Karte nur noch einige hundert Meter, bis ich die nächste Hütte erreiche. Da es ein trüber Tag ist, ist es im Wald düsterer, als ohnehin schon. Die Baumkronen lehnen teilweise so dicht aneinander, dass kaum ein Sonnenstrahl den Boden erreicht. Als ich mich der naheliegendsten Hütte nähere, die auffällig größer erscheint als die bisherigen, tritt ein gehetztblickender Mann aus der Tür. Ich brauche keinen Wimpernschlag, um zu begreifen, wen ich dort sehe. *Das ist eindeutig Nathan.* Gewissenhaft verschließt er die Tür hinter sich und verschwindet eilig hinter einer kleinen Böschung. Sorgsam drauf bedacht, keine Aufmerksamkeit auf mich zu ziehen, schleiche ich mit großen Schritten zur Hütte und spähe mit zusammengekniffenen Augen durch die beschmutzen Fenster. Eins nach dem anderen laufe ich hektisch ab. Doch im Inneren ist niemand. Meine Hoffnung sinkt. Mein Herz schlägt so heftig gegen meinen Brustkorb, dass meine Beine unter mir nachgeben. Vorsichtig setze ich mich auf den belaubten Boden und konzentriere mich auf meine Atmung. *Ich habe keine Zeit für diesen Scheiß,* denke ich genervt und verdrehe die Augen. Sogleich beruhigt sich mein Herzschlag. Plötzlich nehme ich ein klackendes Geräusch wahr, kann aber nicht sicher einordnen, woher es stammt. Als ich einen Blick über meine Schulter werfe, sehe ich direkt zu meinen Füßen ein kleines, unauffälliges Kellerfenster, kaum sichtbar hinter dem Gestrüpp der ungepflegten Hütte. Eine zierliche Hand klopft immer wieder zaghaft gegen die Scheibe. Als ich mich auf den Boden lege, um ins Fenster hineinzusehen, blicken mich Marissas weit aufgerissene, überraschten Augen an. Sie ist völlig verdreckt, ihre wirren Haare kleben ihr an der verschwitzen Stirn, ihre Lippe blutet und ihr Gesicht wirkt eingefallen. Sie verzieht ihre Lippen zu einem zaghaften Lächeln, ehe sie meinen Namen lautlos mit dem Mund formt. Ich verdränge diesen schmerzhaften Anblick und presse meine Hand erleichtert gegen die Scheibe, während ich meinen angehaltenen Atem zischend entweichen lasse. Sie lebt! Ich wusste es die ganze Zeit über. Plötzlich zuckt sie schreckhaft zusammen, entfernt ihre Hand von der Scheibe und legt sich den zierlichen Zeigefinger auf die Lippen. Dann verschwindet sie aus meinem Blickfeld. Hektisch stehe ich auf und eile auf Zehenspitzen um die Hütte herum. Mit angehaltenem Atem spähe ich durch eines der Fenster. Die Räume sind, anders als bei den anderen Hütten, viel wohnlicher eingerichtet. Das ist das Erste, was mir unweigerlich auffällt. Scheinbar ist Nathan nicht nur gelegentlich hier, es sieht wie eine dauerhafte Bleibe aus. Um mich herum ist es totenstill, ich kann meinen eigenen Herzschlag in den Ohren pulsieren hören. Während ich angestrengt nachdenke, wie ich weiter vorgehen soll, nehme ich gedämpftes Gepolter aus dem Inneren wahr. Es folgt eine kurze Stille, dann öffnet sich mit einem lauten Ruck die knarrende Tür. In Windeseile hetze ich zur Hinterseite der Hütte und lausche gespannt, während ich reflexartig den Atem anhalte. Wenige Augenblicke später höre ich Schritte, die immer näher auf mich zukommen. Instinktiv greife ich nach der Waffe in meinem Hosenbund und entsichere sie. Augenblicklich verstummen die Schritte. »Ich weiß, dass du hier bist. Zeig dich, du feiges Stück Scheiße«, ertönt eine dunkle Männerstimme. Ohne zu zögern trete ich aus meinem Versteck hervor und erblicke diesen hasserfüllten Mistkerl. In der Absicht ihn abzuknallen, richte ich meine Waffe auf ihn. Doch er kommt mir zuvor. Noch ehe ich begreife wie mir geschieht, ertönt ein ohrenbetäubender Schuss, gefolgt von einem reißendem Schmerz direkt in meiner Schulter. Keuchend vor Schmerz renne ich zurück, einmal um die gesamte Hütte herum, bis ich an der Eingangstür stehe. Ohne nachzudenken gehe ich hinein. Ein beißender Geruch dringt in meine Nase. Ich verschließe die Tür und ziele mit wenigen Metern Abstand auf den Eingang. Sobald Nathans Fingerspitzen auch nur die Klinke erreichen, feuere ich mein gesamtes Magazin in seine boshafte

Visage. »Marissa!«, rufe ich. »Ich bin hier. Halte durch!« Keine Antwort. Eine gefühlte Ewigkeit stehe ich mit vorgehaltener Waffe wachsam mitten im Raum, doch es tut sich nichts. Jede Sekunde fühlt sich plötzlich wie Stunden an. Das unerwartete Klirren des Glases lässt mich vor Schreck zusammenzucken. Wie aus dem Nichts fliegt ein Ziegelstein durch die Scheibe und landet direkt neben mir, gefolgt von einem angezündetem Lappen. Sofort fängt die Hütte Feuer. Jetzt wird mir bewusst, woher dieser Geruch kommt. Dieser Bastard hat Benzin vergossen. Innerhalb weniger Sekunden steht das gesamte Erdgeschoss in Flammen. Eilig renne ich die Treppe hoch, dabei berühren meine Füße jeweils immer nur die zweite Stufe, und rufe verzweifelt Marissas Namen.

Kapitel 9

Marissa:

Durch meinen starken Hustenreiz komme ich allmählich wieder zu Bewusstsein. Ich habe Mühe, im Zimmer etwas zu erkennen, da mein Kopf furchtbar dröhnt, von dem Schlag, den Nathan mir nach James' Ankommen verpasst hat. Im Raum ist es beinahe dunkel. Die Flammen, die unter dem Türspalt hervortreten, erhellen das Zimmer immer wieder auf bedrohliche Weise. Um mich herum bildet sich eine immer größere Rauchwolke, die mir das Atmen sekündlich erschwert. Hektisch befreie ich mich von dem Tuch, das um meine Handgelenke gebunden ist und presse es schützend vor den Mund. Nachdem ich mich flüchtig im Zimmer umgeschaut habe, stürme ich schnurstracks zu dem kleinen Fenster hinter mir. Mit aller Kraft versuche ich es zu öffnen, doch es lässt sich keinen Zentimeter bewegen. »Marissa!« Mit wild hämmerndem Herzschlag blicke ich zur Tür und lausche gespannt. »James?«, rufe ich mit angehaltenem Atem. »Marissa! Wo bist du?« Ich höre James die Stufen herauf hasten. »Marissa?« Er hustet angestrengt. »Ich bin hier drin, James!«, rufe ich so laut ich kann und hämmere panisch mit meinen Fäusten gegen die verschlossene Tür.

»Geh beiseite, sofort!« Augenblicklich trete ich einige Schritte zurück und atme angestrengt in mein Tuch. Wenige Sekunden später fliegt die Tür mit einem lauten Knall auf. Eine dunkle Rauchwolke stürmt ins Zimmer, gefolgt von einem völlig verschwitzen und hustenden James. Röchelnd schließt er mit der Hüfte die Tür und fällt auf die Knie. Sofort stürze ich zu ihm herunter und presse ihm mein Tuch vors Gesicht. »Atme hier rein«, weise ich ihn an. Nach fünf tiefen Atemzügen lässt er das Tuch achtlos auf den Boden fallen und drück sanft aber bestimmend seine Lippen auf meine. »Endlich«, raunt er. Ich sauge begierig seinen unwiderstehlichen Duft ein und presse meine Nase gegen seine. *Wie sehr ich diesen Mann vermisst habe!* »Marissa«, haucht er, und mein Name klingt aus seinem Mund wie ein Gebet. Doch die liebevolle Atmosphäre endet schlagartig, als erneut Qualm unter der Tür zum Vorschein kommt. »Wir

müssen hier raus. Bist du verletzt? Kannst du laufen?«
Hektisch begutachtet James mich von oben bis unten.
»Nein, mir geht es gut«, wiegel ich ab, woraufhin James
mich schwungvoll hochzieht und mir das Tuch reicht. Als
es auch James nicht möglich ist, das Fenster zu öffnen,
schnappt er sich den alten Stuhl, der neben der Matratze
in der Ecke des Raumes steht und schlägt damit gegen
die Scheibe. Mit einem lauten Klirren geht das Glas zu
Bruch. »So eine verdammte Scheiße!«, flucht er, als er
seinen Kopf aus dem Fenster streckt. »Wir müssen auf
die andere Seite zum Vordach, einen Sprung aus dieser
Höhe überstehen wir nicht.« Als er die Tür öffnet,
lechzen die Flammen bereits am Türrahmen. Hastig
schließt er die Tür wieder und durchsucht mit seinem
Blick hektisch den Raum. Er schnappt sich ein altes
Laken, das mir als Decke diente und bindet es sich um
den Mund. Dann greift er nach meiner Hand. »Bereit?«
Er blickt mir entschieden in die Augen. Ich nicke ihm
stumm zu, krampfhaft bemüht, meine aufsteigende
Panik zu ignorieren. »Atme noch einmal tief ein. Tief
einatmen!« Mit diesen Worten öffnet er die Tür,
woraufhin uns sofort eine beißende Rauchwolke

entgegenkommt. Panisch haste ich zum Fenster zurück und sauge begierig den kühlen Windhauch in meine Lunge. Ich höre wie James die Tür zuschlägt. »Marissa, wir müssen hier raus. Komm schon!« Er zerrt an meinem Arm. »Das schaffen wir nicht, James. James, bitte!«, flehe ich und halte ihn mit aller Kraft fest, während er versucht, mich wieder zur Tür zu bewegen. Angespannt streicht er sich durchs Haar und zuckt kurz zusammen. Erst jetzt bemerke ich die Schusswunde an seiner Schulter. »Oh mein Gott, James«, hauche ich atemlos, während ich mit einem besorgten Blick vorsichtig unterhalb seiner stark blutenden Verletzung entlangstreiche. Als ich bemerke, dass das Blut meine Finger ummantelt, starre ich wie paralysiert auf meine Hände. »Das ist nichts«, versichert James mit fester Stimme und sieht mir nachdrücklich in die Augen. »Wir müssen hier raus – sofort!« Er schlingt sich meine Arme um den Bauch und öffnet erneut die Tür. Ich stehe so dicht hinter ihm, dass ich die Wärme seiner Haut an meiner Nasenspitze spüre. Doch dieses friedvolle Gefühl gerät sofort in Vergessenheit, als sich der schwarze Rauch, gefolgt von den lodernden Flammen, vor uns ausbreitet. Es ist beinahe so, als stünden wir am Abgrund zur Hölle. James bewegt sich langsam aber gezielt zum gegenüberliegenden Raum, nur wenige Meter von uns entfernt. Ich presse meine Nase so heftig gegen seinen Rücken, dass es wehtut. Doch der aggressive Rauch findet dennoch einen Weg in meine Lunge, wodurch ich das Gefühl habe, jeden Augenblick das Bewusstsein zu verlieren. Intuitiv presse ich mein Gesicht noch fester in James' Hemd und konzentriere mich angestrengt, meine Augen nicht zu schließen- *ich muss wach bleiben*. Mit ein wenig Nachdruck drückt James meine Hand. Diese Geste, die mir für den Bruchteil einer Sekunde Trost spendet, endet schlagartig, als sich James' Griff lockert und er vor mir zu Boden sinkt. Während die Flammen um uns wüten, sehe ich mich unser beider Schicksal ausgeliefert. Der rettende Raum befindet sich zwar nur noch gut eineinhalb Meter von uns entfernt, aber es scheint mir schier unmöglich, einen Fuß vor den anderen zu setzen. Ich hocke mich zu James und ignoriere die Tatsache, dass mir sekündlich schwindliger wird. »James, verdammt. Mach die Augen auf!«, flehe ich, während ich panisch an seiner Schulter rüttle. »James!« Er rührt sich nicht. Das Feuer frisst sich immer weiter durch den Gang, in wenigen Augenblicken wird unser letzter Fluchtweg vollständig versperrt sein. Entschlossen stelle ich mich vor ihm, greife nach seinen Händen und schleife James Stück für Stück über den hölzernen Flurboden. Dabei verrutscht mir mein Tuch, das bis gerade den gröbsten Teil des beißenden Rauches abgewehrt hat. Röchelnd binde ich das Tuch wieder um meine Nase, doch zeitgleich bemerke ich, wie mir die Kräfte schwinden. Verzweifelt sehe ich mich dem Gedanken ausgeliefert, dass wir hier sterben werden. Ich werde nie wieder in James' Armen liegen, ihm nie wieder sagen können, wie sehr ich ihn liebe. Ich kann niemals mehr in die blauen Augen meiner wunderschönen, elfengleichen Töchter blicken. *Faye und Hope. Wie sehr ich die beiden vermisse.* Tränen der Wut steigen in mir auf. Ohne auf das aufkeimende Gefühl der Ohnmacht zu achten, packe ich James' Arme erneut und ziehe ihn weiter über den Boden. Durch die Anstrengung fällt mir das Atmen noch schwerer als ohnehin schon, was mich dazu veranlasst, einen lauten Schrei von mir zu geben. Es scheint, als würde mir das Geräusch meiner eigenen Stimme erneute Energie verleihen. Mein Kampfgeist ist geweckt, ich werde uns beide hier herausbringen!

Endlich im sicheren Raum angekommen, schließe ich eilig die Tür hinter mir und lasse mich auf dem Boden nieder. Ich war in diesem Teil des Hauses noch nie, daher bin ich überrascht, als ich ein komplett eingerichtetes Schlafzimmer samt Bad vorfinde. Keuchend rapple ich mich auf, schnappe mir ein Handtuch, befeuchte es unter dem Waschbecken und tupfe damit über James' Gesicht. »Wach auf James, bitte.« Innerlich bete ich, dass sich seine Augen endlich öffnen. Mein Blick fällt auf die Tür, als sich die Flammen endgültig auch einen Weg in dieses Zimmer suchen. James kommt mit einem lautstarken, gequälten Husten zu sich. Ich stöhne erleichtert auf, während er sich verwirrt umschaut. »Marissa?« Er stützt sich auf die Ellbogen. »James, wir müssen aus dem Fenster raus. Kannst du dich aufsetzen?« Meine Stimme ist kaum lauter als ein Flüstern, mein Hals fühlt sich kratzig und ausgetrocknet an. Er nickt wortlos und zuckt mit schmerzerfülltem Gesichtsausdruck zusammen, als er sich unbedacht mit seinem Gewicht auf seine verletzte Schulter abstützt. »Wie hast du uns hier hergebracht?« Er scheint noch immer verwirrt. »Ich habe dich gezogen«, entgegne ich knapp, denn ich habe noch immer Schwierigkeiten mit meiner Atmung. Als er wenige Augenblicke später wieder zu Kräften zu kommen scheint, zieht er geistesgegenwärtig ein Laken von der Matratze und öffnet das Fenster. Dann reicht er mir seine Hand und hilft mir aufs Vordach. James stellt sich neben mich und bindet das Laken zu einer Art Tau, ehe er es um meine Taille wickelt. Vorsichtig lässt er mich hinunter, bis ich endlich sicheren Boden unter den Füßen spüre. Erst jetzt erkenne ich mit weit aufgerissenen Augen das Ausmaß des Brandes: das gesamte Haus brennt lichterloh. »Geh beiseite! Ich muss springen.« Mit diesen Worten stürzt sich James die schätzungsweise zweieinhalb Meter vom Vordach auf den rettenden Boden.

Kapitel 10

»**I**ch will nicht hier bleiben, James. Bring mich nach Hause, bitte.« Unruhig rutsche ich in dem Krankenhausbett umher. James drückt zärtlich meine Hand und bedenkt mich mit einem verständnisvollen Blick. »Ich rede mit der Ärztin.«

Er streicht mir liebevoll über die Wange, ehe er den Raum verlässt. Erschöpft schließe ich die Augen und lehne mich vorsichtig zurück, bis ich das große Kissen in meinem Rücken spüre. Mein gesamter Körper schmerzt noch von der Untersuchung. Auf meine Bitte hin hat James, ein wenig mürrisch, vor dem Behandlungsraum gewartet, denn ich wollte nicht riskieren, dass er sieht, wie es unter meiner Kleidung aussieht. Eine Woge der Übelkeit überkommt mich. Meine Gedanken überschlagen sich wie wild, doch ich konzentriere mich ausschließlich auf das Gemurmel, das vom Flur dumpf in mein Zimmer dringt. Ich höre Detective Andrews sprechen, der uns sofort nach meiner Rettung behutsam befragte. Den Ausdruck in seinen Augen, als er mich das erste Mal sah, werde ich nie vergessen, denn er ging mir durch Mark und Bein. Alles, was ich auf dem Weg ins Krankenhaus erfahren habe, ist, dass die Leute mich für tot hielten. Nathan hatte irgendeine wehrlose Frau umgebracht, um meinen Tod zu inszenieren. Bei diesem Gedanken schießen mir unwillkürlich Tränen in die Augen. *Wer war sie? Wird sie von geliebten Menschen vermisst? Hatte sie womöglich Kinder, die meinetwegen ohne Mutter aufwachsen müssen? Hatte sie Angst?* Was für eine Frage! Natürlich musste sie Angst haben. Verbittert kralle ich meine Finger in die Bettdecke, während meine Gedanken so ziellos umherschießen, wie ein Wasserstrahl aus einem geplatzten Schlauch. Was müssen Faye und Hope durchgestanden haben, meine beiden Engel? Halten sie mich für tot? Und James... Ich kann mir kaum ausmalen, was er für Höllenqualen erlitten hat. *James...*

»Marissa, Sweetheart?« Als ich meine Augen öffne, dämmert es bereits. James streicht mir sanft eine Strähne hinters Ohr und lässt seine Hand einen Augenblick beruhigend auf meiner Wange verweilen.

»Wie spät ist es?«, frage ich verwirrt. »Du hast nur ein paar Stunden geschlafen, während ich mit dem Detective gesprochen habe und genäht wurde.« Sofort fällt mein Blick auf den Verband um seiner Schulter. »Alles in Ordnung«, versichert er, als er meinen schockierten Gesichtsausdruck zur Kenntnis nimmt. »Wir dürfen nach Hause. Die Krankenschwester meinte, dass deine Verletzungen zwar nur oberflächlich sind, nichtsdestotrotz hätte sie dich lieber noch eine Nacht zur Beobachtung hierbehalten.« Mit einem sorgenvollen Blick streicht er mir vorsichtig übers hervortretende Schlüsselbein. »Aber ich...« Mahnend legt er mir seinen Zeigefinger auf die Lippen. »Ich weiß. Wir gehen nach Hause«, verspricht er mit fester Stimme, ich erkenne die Erleichterung in seinen Worten sofort. Dankbar lächle ich ihm zu, als er mir seine Hand entgegenstreckt, um mir aus dem Bett zu helfen.

Während der Fahrt nach Hause hat James mich darüber in Kenntnis gesetzt, dass Faye und Hope mit Jackson und Amara in deren Ferienhaus sind. James hat unsere Töchter in dem Glauben gelassen, dass ich die ganze Zeit über bei Ava in England war. Obwohl mir irgendwie dabei unwohl ist, dass die beiden denken, dass ich sie ohne ein weiteres Wort einfach allein gelassen habe, versuche ich, mich damit zu arrangieren. *Welch andere Alternative hätte James gehabt?* Da es mittlerweile ziemlich spät geworden ist und wir beide uns von den Geschehnisse und unsere Verletzungen erst mal erholen müssen, werden wir die Mädchen erst in einer Woche wieder zu uns holen. Im Haus angekommen stehen wir uns schweigsam gegenüber. Erst jetzt beginne ich langsam zu realisieren, dass ich tatsächlich wieder zuhause, bei James bin. Obwohl mir tausend Gedanken durch den Kopf gehen, betrachte ich diesen wunderschönen Mann stillschweigend und staune im Inneren, dass er trotz des Verbandes, den zerzausten Haaren und des schmutzigen Hemdes, dennoch der schönste Mann ist, den ich jemals gesehen habe.

»Was hat er dir angetan?«, holt James mich mit einem erstickten Flüstern aus meinen Gedanken heraus. Seine raue Stimme trieft vor Angst. Mit gezielten Schritten gehe ich bedächtig auf ihn zu und schüttle meinen Kopf dabei kaum merklich. Ich bleibe erst stehen, als sich unsere Zehenspitzen berühren. Besorgt und liebevoll zugleich sieht James auf mich herab. Das Haus ist fast vollends in Dunkelheit gehüllt, nur das eindringende Licht des Mondscheins spendet ein wenig Sicht auf den Mann, den ich so unsagbar liebe und vermisst habe. Weiterhin verweile ich stillschweigend vor ihm, knöpfe James das Hemd auf und streiche es ihm vorsichtig über seine Schultern. Als er mit freiem Oberkörper vor mir steht, lege ich meine Hand auf sein galoppierendes Herz und schließe die Augen. *Wie sehr ich dieses Gefühl vermisst habe.* Behutsam hebt er mein Kinn etwas an, damit ich ihm in die Augen sehe. Sein Blick wirkt...ehrfürchtig? Eine ganze Weile betrachtet er mich eindringlich, bleibt aber völlig regungslos vor mir stehen. »Küss mich, James«, fordere ich ihn flüsternd auf. Er weicht kaum einen Zentimeter zurück, und dennoch fühlt es sich an, als würde er sich meilenweit von mir entfernen. »Du bist so zierlich Marissa. Ich traue mich kaum, dich auch nur zu berühren.« Beinahe erleichtert über seinen überfürsorglichen Gedanken seufze ich auf. »Mir geht es gut«, beteuere ich und merke sofort, wie wahr das ist. All das Leid, die Angst und die Verzweiflung der letzten Wochen sind gerade auf Stumm geschaltet. Das einzige Gefühl, das mich vollends ausfüllt, ist Sehnsucht. Sehnsucht danach, mich in Sicherheit zu fühlen. Sehnsucht nach den Berührungen des Mannes, der mich all meine Qualen durchstehen ließ, da ich schlichtweg das blinde Vertrauen hatte, dass er mich findet. Zärtlich lasse ich meine Fingernägel über seine nackte Brust gleiten und stelle mich auf die Zehenspitzen, um mit meinem Mund den seinen zu suchen. James' Hände streichen mir behutsam durchs Haar, während er seine Nase sanft an meine reibt. Als sich unsere Lippen endlich berühren, entfährt ihm ein raues Stöhnen. Begierig schlinge ich ihm meine Arme um den Hals, woraufhin er mich, trotz der Verletzung seiner Schulter, mühelos in seine Arme hebt und rauf ins Schlafzimmer trägt.

Sanft setzt James mich an den Rand unseres Bettes. Während er vor mir steht und auf mich herunter sieht, öffne ich ungeduldig den Gürtel seiner Jeans und vergrabe meine Nase an seinem Bauch. Der herrliche Geruch seiner Haut wirkt augenblicklich betörend auf mich. Hingebungsvoll streife ich mit meinen Lippen über seinen nackten Bauch. Seine Haut schmeckt leicht salzig und... vertraut. Mir entfleucht ein ersticktes Stöhnen. James kniet sich zu mir herunter, seine Augen sind halb geschlossen, als er seine Lippen auf meine presst und sich vorsichtig auf mich legt. Seine Zunge erkundet begierig meinen Mund, während seine Hände mich gekonnt von meiner Kleidung befreien. Als er mich *dort,* genau zwischen meinen Schenkeln berührt, zucke ich unwillkürlich zusammen. Erschrocken sieht James mir in die Augen. »Habe ich dir wehgetan?« Ich runzle die Stirn und denke ernsthaft für einige Sekunden über seine Frage nach. »Nein«, entgegne ich wahrheitsgemäß und ziehe sein Gesicht wieder zu mir herunter, um ihn ungestüm weiter zu küssen. Doch ich spüre die deutliche Verunsicherung in seinem Kuss. »James«, hauche ich, während ich ihm verlangend mein Becken entgegen recke. Obwohl ich die unverhohlene Leidenschaft in seinen Augen erkenne, entgeht mir seine Zurückhaltung nicht. Als ob mein Leben davon abhinge, beginne ich, seinen stoppeligen Hals mit hauchzarten Küssen und Bissen zu bedecken. »Ich brauche dich, jetzt. Bitte...«, hauche ich. Augenblicklich spüre ich eine Veränderung seiner Haltung, als er mir begierig seine Lippen auf den Mund presst und seine Zunge ungehalten meinen Mund erforscht. »Sag, falls ich aufhören soll«, stöhnt er. *Aufhören?* Ich schüttle den Kopf und küsse ihn so innig, wie ich nur kann. Als er in mich eindringt entfährt mir ein ungehaltener Schrei, den er sofort mit seinen Lippen erstickt. Hingebungsvoll genieße ich den Geschmack seiner Lippen, den Geruch seiner Haut, das Geräusch seines rauen, abgehackten Atems an meinem Ohr und die Bewegungen unserer Körper. »Gott, wie ich das vermisst habe«, flüstert er. »Ich will dich so sehr, dass ich kaum atmen kann«, raunt er an meinem Ohr. Ich zwinge mich, die Augen zu öffnen, um einen Blick in sein makelloses Gesicht zu werfen. Als er die Leidenschaft in meinen Augen erfasst, bedenkt er mich mit seinem typischen, arroganten Grinsen. *Wie sehr ich dieses Grinsen liebe.* Erneut legt er seine Lippen auf meine, erst sanft, doch je eindringlicher und forscher seine Küsse werden, umso ekstatischer werden auch seine Bewegungen. Auf einmal habe ich das Gefühl, dass nichts mehr um mich herum existiert. Es gibt nur noch ihn und mich, seinen Körper und meinen, vereint. Mein Körper reagiert prompt. Keuchend kralle ich mich in seinen Haaren fest.

»Ich liebe dich«, raunt James inbrünstig, ehe ich mich vollkommen in einem Gefühl der Schwerelosigkeit verliere.

Zufrieden, aber erschöpft, liegen wir uns in den Armen. James liegt noch immer auf mir, sein Gewicht drückt mich spürbar in die Matratze. Obwohl er mir ein wenig die Luft abdrückt, denke ich nicht im Traum daran ihn aufzufordern, sich aus mir zurückzuziehen. Behutsam lasse ich meine Finger immer wieder durch seine verschwitzen Haare streichen, während ich begierig den beruhigenden Geruch seiner Haut in mir aufnehme. Sanft presse ich ihm einen Kuss auf die verschwitzte Schulter und strecke meine steifen Beine unter ihm. Sofort stützt er sich auf den Ellenbogen ab, wobei ihm ein schmerzliches Stöhnen entfährt. »Bin ich zu schwer?« Er sieht mir liebevoll in die Augen. »Nein«, lüge ich, denn ich könnte es nicht ertragen, wenn er sich auch nur einen Zentimeter von mir entfernt. »Tut es sehr weh?«, frage ich und fahre kaum merklich mit meinen Fingerspitzen an seinem Verband entlang. Er schüttelt träge den Kopf. »Die Schmerzmittel, die mir im Krankenhaus verabreicht wurden, wirken noch eine Weile«, antwortet er mit einem schiefen Grinsen. Ich nicke stumm. »Auch wenn es jeder Faser meines Körpers widerstrebt, mich auch nur ansatzweise zu bewegen, sollten wir dringend duschen gehen«, schlägt er vor und küsst mich keusch auf den Mundwinkel. »Na gut«, hauche ich ein wenig beleidigter, als ich es vorhatte. Grinsend blickt er auf mich herunter und betrachtet mich eine gefühlte Ewigkeit. »Hier mit dir zu liegen, zu reden und dich zu lieben... es ist wie ein wahr gewordener Traum, Marissa. Ich liebe dich!« Er streicht mit seiner Hand meine Wange entlang, als müsste er sich versichern, dass ich wirklich da bin. Ich drücke ihm einen sanften Kuss in die Handfläche. »Und ich liebe dich, James.«

Als James das Bad betritt, stehe ich bereits unter der Dusche. Es ist mittlerweile drei Uhr am Morgen, daher spüre ich die Erschöpfung inzwischen in jedem Muskel meines Körpers. »Darf ich reinkommen?« James sieht mich verheißungsvoll an. Amüsiert rolle ich mit den Augen. »Es ist ja nicht so, als ob du mich noch nie nackt gesehen hättest«, scherze ich und trete ein wenig beiseite, um ihm Platz zu machen. Anstelle eines von mir erwarteten Konters starrt James mich mit weit aufgerissenen Augen an. Irritiert sehe ich an mir herunter. Natürlich wird mir augenblicklich bewusst, was ihn gerade so entsetzt. Meine Oberarme, meine Rippen und meine Knie weisen heftige Blutergüsse und kleine Schnitte auf. Da wir uns bis jetzt nicht die Mühe machten das Licht einzuschalten, ist James dieser Anblick bisher erspart geblieben. »Es tut nicht mehr weh«, flüstere ich und senke den Blick verschämt auf meine Füße. James bleibt regungslos vor mir stehen. Als sich unsere Blicke treffen, öffnet er kurz den Mund, es dringt aber kein Laut aus seiner Kehle. Sein angespannter Kiefer verrät mir auch ohne Worte, was in seinem Innersten vor sich geht. James tritt einen Schritt vor, stellt sich unter das fließende Wasser und schließt die Augen, während er mit den Zähnen zornig mahlt. Nach einer ganzen Weile des Schweigens stelle ich ihm das Wasser ab. Sofort richtet er seinen Blick auf mich. »Bist du sauer auf mich?«, frage ich verunsichert. Blankes Entsetzen zeichnet sich in seinem Blick ab. Doch anstatt etwas zu erwidern, steigt er wortlos aus der Dusche und schlingt sich ein Handtuch um die Hüften. Eilig schlüpfe ich in meinen Bademantel und gehe ihm nach. Er steht mit dem Rücken zu mir vor dem Schlafzimmerfenster. Durch das Licht der kleinen Nachttischlampe spiegelt sich seine Mimik in der Scheibe. Er wirkt verzweifelt und... *er weint.* Augenblicklich hetze ich zu ihm und berühre sanft seine Rückenmuskeln, die deutlich angespannt sind. »James?«, frage ich verunsichert. Beim Klang meiner Stimme sackt er in sich zusammen und verharrt auf den Knien. Im gesamten Haus herrscht eine absolute Stille, die einzig und allein durch James' raues Schluchzen durchbrochen wird. Ich fühle mich plötzlich völlig hilflos. »James.« Ich knie mich vor ihm und lege meine Hände um sein Gesicht. »Sieh mich an James, bitte«, hauche ich. Wie in Zeitlupe hebt er seinen Blick, die roten Ränder um seine Augen und das verzweifelte Runzeln auf seiner Stirn versetzen mir einen Stich ins Herz. »Bitte, weine nicht«, flehe ich. »Es geht mir gut, ich bin hier.« Er lässt seinen Oberkörper ein wenig nach vorne sinken, bis er seine

90

Stirn an meine lehne kann. »Du bist hier«, flüstert er. »Du. Bist. Hier«, wiederholt er langsam. Als sein Schluchzen allmählich verebbt, streicht er mir über die Wange und lässt seine Hand dort verweilen. »Du hast keine Ahnung, was es für ein Gefühl war, in dem Glauben zu leben, dich verloren zu haben«, raunt er schließlich mit leiser, rauer Stimme. »James, ich...« Er unterbricht mich, indem er seinen Daumen sanft über meine Lippen streicht. »Wusstest du, dass Jackson nach einem Unfall ein Zeh amputiert werden musste?« Verdutzt schießen meine Augenbrauen in die Höhe. »Nein«, sage ich nur. »Als du verschwunden warst, erzählte er mir davon. Er sagte, dass er bis heute noch einen durchdringenden Schmerz fühlt, der ihn manchmal nachts erwachen lässt. Verstehst du? Er spürt einen Schmerz in einem Teil seines Körpers, den er verloren hat...« James sieht mich so eindringlich an, dass ich nur noch verwirrter dreinblicke. Ich weiß nicht, worauf er hinaus will.

»Du bist mein Herz«, flüstert er erstickt. Als ich begreife, kralle ich mich in seinem Nacken fest und unterdrücke den Wunsch, einfach loszuweinen. »Ich bin hier James, ich bin doch hier«, flüstere ich immer wieder. »Ich liebe dich so sehr, Marissa«, schluchzt er. »Ich dachte einen Augenblick wirklich, ich würde dich nie wiedersehen.« Ich drücke ihm behutsam einen Kuss auf den Hals, während er seine Arme fester um mich schließt und sanft mit mir auf dem Schoß vor und zurück wippt. »Ich bin doch hier, ich bin doch hier«, flüstere ich immer wieder beruhigend an seinen Hals.

Dicht beieinander liegen wir im Bett. Ich habe meinen Kopf auf James' Oberkörper platziert und versuche das Durcheinander in meinem Kopf zu ignorieren. James fährt mit seinen Fingern sanft meinem Oberarm entlang. »Du musst mir erzählen, was passiert ist«, flüstert er in die Stille hinein. Unbehaglich rutsche ich auf der Matratze umher. »Nicht mehr heute. Aber bald...«, entgegne ich ausweichend. Er lässt hörbar seinen Atem entweichen. »Ich verstehe. Wir sollten ohnehin ein wenig schlafen.« Einverstanden nicke ich. Obwohl ich mittlerweile todmüde bin, kann mein Körper sich nicht überwinden, Ruhe zu finden. James entgeht meine Anspannung nicht. Beruhigend schlingt er seine Arme etwas enger um mich, woraufhin ich mich bereitwillig noch näher an ihn schmiege. »Schlaf, Marissa. Du bist in Sicherheit. Ich werde dich nie wieder aus den Augen lassen.« Trotz dieser beruhigenden Worte falle ich einige Augenblicke später in einen unruhigen Schlaf.

Mir ist kalt. So kalt. Und mein Kopf dröhnt mit so einer Intensität, als wäre mir eine ganze Football-Mannschaft über den Schädel getrampelt. Mit zusammengekniffenen Augen blicke ich mich um. *Wo bin ich?* Links von mir befindet sich eine hölzerne Treppe, der Boden, auf dem ich liege, ist schmutzig und kalt. Mein Blick wandert zu einem kleinen Fenster, keine zwei Meter von meinen Füßen entfernt, das kaum eine Sicht nach draußen bietet, da es von unzähligem Gestrüpp bedeckt ist. Ich befinde mich offensichtlich in einem Keller. Augenblicklich fällt es mir wie Schuppen von den Augen. Mit einer gnadenlosen Wucht schießen mir die letzten Ereignisse durchs Gedächtnis, bevor ich das Bewusstsein verlor. *Nathan, ich bin bei Nathan!* Als ich mich aufzusetzen versuche, stelle ich verbittert fest, dass meine Handgelenke hinter meinem Rücken gefesselt sind. Plötzlich vernehme ich vage Geräusche aus dem Erdgeschoss, wenige Sekunden später öffnet sich die Kellertür. Schwere Schritte kommen die Stufen herunter und somit auf mich zu. Intuitiv stelle ich mich wieder bewusstlos. Die Schritte verstummen erst, als jemand ganz dicht vor mir steht. *Nathan.* Ich kann ihn atmen hören. Er streicht mir das Haar zur Seite, um ungehindert zwei Finger auf meinen Hals zu legen. Er fühlt meinen Puls. »Wach auf, Prinzessin!«, raunt er, seine Lippen sind ganz dicht an meinem Ohr. Nach wie vor rühre ich mich nicht. Er streicht mir gemächlich einige wirre Haarsträhnen aus dem Gesicht und flüstert irgendetwas Unverständliches. Erst, als er seine Finger langsam meine Wirbelsäule bis runter zu meinem Po hinab wandern lässt, gebe ich meine Tarnung auf. Mit einem angewiderten Stöhnen reiße ich meine Augen auf und bemühe mich, mich von ihm abzuwenden. Unbeholfen versuche ich weiter von ihm wegzurutschen, doch es gelingt mir nicht. »Was machst du da?«, presse ich mühsam hervor. Doch mein Mund ist so trocken, dass diese Worte kaum über meine Lippen kommen wollen. Grob zieht er mich an den Schultern hoch, so dass ich aufrecht sitze. Er mustert mich mit einem Blick, den ich nicht einordnen kann. Aber er löst bei mir sofort eine Gänsehaut aus. »Du musst das nicht tun. Ich werde James nichts sagen, das schwöre ich. Bitte lass mich gehen!« Ich spüre, wie mir Tränen die Wange herunterlaufen, doch ich rede ungehindert weiter auf ihn ein. »Du bist nicht wie dein Bruder, Nathan! Wir sind doch eine Familie.« Ein kläglicher Versuch, mit dieser Lüge an sein Mitgefühl zu appellieren. Seine Augen weiten sich, den Mund verzieht er zu einem anerkennenden Grinsen. Er rückt mit seinem Gesicht so nah an meins, dass ich seinen Atem riechen kann. Er riecht nach Schweiß und Zigaretten. »Genau das sind wir«, raunt er anzüglich und presst mir seine rauen Lippen auf den Mund. Instinktiv wende ich mein Gesicht von ihm ab und würge unwillkürlich. Eine Geste, die ich sofort bereuen soll. Ohne jede Vorwarnung hebt er die Hand und verpasst mir einen gezielten Faustschlag direkt ins Gesicht. Der Hieb ist so heftig, dass mein Kopf mit einem dumpfen, schmerzhaften Knall auf den harten Steinboden prallt. Für einen Sekundenbruchteil lässt der ungehinderte Aufprall die Welt vor meinen Augen verschwimmen, dann zuckt ein stechender Schmerz durch meinen

Hinterkopf. Reflexartig versuche ich aufzuschreien, doch es dringt nichts weiter als ein abgestumpftes Röcheln aus meiner Kehle. Nathan packt mich erneut bei den Haaren und zieht mein Gesicht so dicht zu sich heran, bis sich unsere Nasenspitzen berühren. »Ich sehe, wir haben noch eine Menge Arbeit vor uns. Aber ängstige dich nicht, liebste Marissa! Wir haben alle Zeit der Welt und niemand wird dich suchen kommen, dafür habe ich gesorgt«, verspricht er mit einem dunklen Glitzern in den Augen. Instinktiv umschließe ich den Stein an meiner Kette und habe dabei Mühe, nicht zu hyperventilieren. »Was haben wir denn da?« Nathans Aufmerksamkeit richtet sich auf meine Hand. Gewaltsam öffnet er meine Faust und sieht sich den Stein interessiert an. Angewidert spuckt er mir vor die Füße, dann zückt er ein Messer. Ich habe das Gefühl, keine Luft mehr zu bekommen. Er hält mir die Klinge triumphierend vors Gesicht, bevor er mir die Kette vom Hals schneidet. »Die brauchst du nicht mehr«, säuselt er und presst mir einen schmatzenden Kuss auf die Stirn.

»Marissa. Wach auf! Aufwachen!« James' besorgte Stimme dringt in mein Bewusstsein. Schwer atmend öffne ich die Augen, mein Herz rast wie wild. Zu meinem Entsetzen blicke ich direkt in Nathans boshafte Fratze, was mich augenblicklich dazu veranlasst, lauthals loszuschreien. Panisch krieche ich in die hinterste Ecke des Bettes und halte die Decke schützend vor mich. »Marissa, du träumst. Sieh mich an! Babe, sieh mich an! Ich bin es, James.« Irritiert blicke ich in James' besorgtes Gesicht. »James?«, flüstere ich ungläubig. Es verlangt mir meine gesamte Konzentration ab, meine Gedanken zu sortieren, denn in meinem Kopf ergibt nichts einen Sinn. Er nickt und streckt mir beruhigend seine Hand entgegen. *Ich bin zuhause!* »James!«, rufe ich erleichtert aus und springe so ungestüm in seine Arme, dass er Mühe hat, nicht rücklings mit mir umzufallen. »Alles ist gut, Babe. Ich hab dich.« Er schmiegt tröstend seine Arme um mich. Ich höre ihn besorgt ausatmen, während ich mich haltsuchend an ihm festklammere.

Kapitel 11

»**B**ereit?« Mit raschem Herzschlag nicke ich James zu. Als er die Tür öffnet, blicke ich als erstes in Jacksons freudiges, wenn auch ungläubiges Gesicht. »Es ist so schön, dich zu sehen«, flüstert er heiser und schließt mich erleichtert in seine Arme. Als er von mir ablässt, streicht er mir sanft über die Wange. »Ich freue mich auch, dich zu sehen«, sage ich wahrheitsgemäß und drücke ihn noch einmal kurz an mich. »Unglaublich«, schluchzt Amara mit erstickter Stimme. Auch sie legt sofort ihre zierlichen Arme um mich. »Mommy?!« Als ich Hopes skeptische Stimme höre, schiebe ich Amara sanft beiseite, die mir verständnisvoll lächelnd zunickt. Sofort hocke ich mich mit weit ausgestreckten Armen hin, woraufhin Faye und Hope mir ungehalten ihre Arme um den Hals schlingen. »Oh mein Gott, hab ich euch vermisst«, lache ich überglücklich, merke aber im gleichen Moment, wie mir Tränen die Wange herunterlaufen. Zärtlich streiche ich den beiden durchs Haar und danke innerlich dem Himmel, dass ich meine

Töchter endlich wieder bei mir habe. Eine gefühlte Ewigkeit drücke ich die beiden an mich, ehe ich mich vorsichtig von ihnen löse. »Lasst mich euch ansehen. Ihr seid ja riesig geworden«, stelle ich mit gespielter Empörung fest. Liebevoll streiche ich den beiden erneut übers Haar. »Wo warst du so lange, Mommy?« Faye wirkt bei dieser Frage plötzlich unglaublich niedergeschlagen. Hilfesuchend blicke ich zu James. »Ich habe euch doch erklärt, dass Mommy Tante Ava dringend in England helfen musste«, klingt sich Amara ein. »Aber jetzt geht Mommy nie mehr so lange fort«, verspricht James den beiden und drückt sie ebenfalls an sich. Als sich unsere Blicke treffen, sehe ich die Erleichterung in seinen Augen. Dankbar für die Wiedervereinigung meiner Familie , lächle ich ihm zu.

Mittlerweile ist es später Abend. Faye und Hope sind völlig geschafft ins Bett gesunken. Es hat fast eine Dreiviertelstunde gebraucht, bis ich sie davon überzeugen konnte, dass ich morgen immer noch hier sein werde. Nach wie vor bricht mir allein der Gedanke daran, was die beiden durchmachen mussten, das Herz.

Ich konnte die Angst und Besorgnis in ihren Augen deutlich erkennen. Leise lehne ich die Tür im Kinderzimmer an und werfe durch den Türspalt einen letzten, erleichterten Blick auf meine zwei schlafenden Elfen. »Da steckst du«, flüstert James und berührt sanft meinen Arm. Unwillkürlich zucke ich bei seiner Berührung zusammen. »Entschuldige«, raunt er.

»Schon gut«, versichere ich. So leise wie möglich schleichen wir die Treppe herunter. Am Fuße der Treppe angekommen werden wir bereits von Jackson und Amara im Wohnzimmer erwartet, die gespannt dreinblickend auf der Couch sitzen. Gedanklich bereite ich mich darauf vor, Rede und Antwort zu stehen. James und ich setzen uns dazu. Da wir vor den Zwillingen nicht unbefangen reden konnten, ist bisher kein weiteres Wort über den wahren Grund meiner Abwesenheit gefallen. Jackson und Amara sehen mich noch immer durchdringend an, schweigen aber mit Beharrlichkeit. Unbehaglich rutsche ich auf der Couch hin und her, bemüht, eine bequeme Position zu finden und versuche dabei unauffällig , meine verschwitzten Handflächen am Polster zu trocknen. Ich fühle mich auch ohne Worte plötzlich wie im Verhörsaal, es fehlt nur noch eine Taschenlampe, die mir ins Gesicht gehalten wird. »Wo... wo warst du die ganze Zeit über? Was genau ist denn passiert?«, fragt Jackson schließlich in die Stille hinein. Da mir bewusst ist, dass sich jeder im Raum diese Fragen stellt, beschließe ich, eine knappe Antwort zu geben. »Brians Bruder Nathan hatte mich in seiner Gewalt. Ich war die ganze Zeit über bei Nathan...« Ich muss heftig schlucken. Augenblicklich überzieht sich bei der Erinnerung an die letzten Wochen mein gesamter Körper mit einer schmerzhaften Gänsehaut. *Es ist zu viel!* Ich werde keinen weiteren Satz bezüglich dieses Themas mehr über die Lippen bringen. Daher muss diese äußerst vage Ausführung als Erklärung vorerst reichen. James drückt mitfühlend meine zitternde Hand und bedenkt Jackson mit einem vielsagenden Blick. Er nickt kaum merklich und wechselt abrupt das Thema. Eine gute Viertelstunde versuchen die drei mich mit unverfänglichen Smalltalk auf andere Gedanken zu bringen, doch es scheint, als würde die Last der Erinnerungen, die auf meiner Seele lastet, den Raum erfüllen. »Unser Babysitter ist bereits eine Stunde länger bei Tate als beabsichtigt. Wir werden uns langsam auf den Nachhauseweg machen«, beschließt Jackson schließlich, nickt James zu und steht auf. Ohne Einwand zu erheben schließe ich erst Jackson, dann Amara in meine Arme und verabschiede mich mit einem müden Lächeln.

Eng in meine Wolldecke eingewickelt sitze ich in der hintersten Ecke der Couch. Gedanklich sehne ich den morgigen Tag herbei, da Ava sich bereits auf dem Weg nach Halefordcity gemacht hat. Seitdem ich wieder zuhause bin, haben wir nur ein kurzes Telefonat geführt und hatten kaum Zeit, irgendetwas zu bereden. Auch wenn ich mich insgeheim vor ihren, verständlichen, Fragen fürchte, freue ich mich ungemein, sie endlich wiederzusehen. »Jackson und Amara sind weg«, holt James mich aus meinen Gedanken heraus. Mit einem leisen Seufzer setzt er sich zu mir, greift behutsam nach meiner Hand und verschränkt seine Finger mit meinen. Dabei lässt er seinen Daumen vorsichtig an meinem Handrücken auf und ab streichen. »Ich finde, du solltest mir allmählich erzählen, was geschehen ist«, flüstert er nach einem kurzen Räuspern. Unweigerlich drängen sich bei diesen Worten die grausamen Vorkommnisse in mein Gedächtnis und kratzen mit so einer Intensität an meinem Verstand, dass sich meine Fingernägel heftig in James' Hand vergraben. »Marissa...«, flüstert er erstickt, während er sich so nah wie möglich an mich heran setzt und beschützend einen Arm um mich legt. »Bitte rede mit mir. Ich *muss* wissen, was er dir angetan hat.« Die Verzweiflung und Hilflosigkeit in James' Stimme lässt sich nicht verleugnen. James hat in den letzten Tagen meine Verschwiegenheit respektiert, wofür ich überaus dankbar gewesen bin. Und obwohl er langsam Antworten verdient hätte, kann ich mich nicht überwinden, mich ihm anzuvertrauen. »Ich kann nicht.« Mit diesen Worten erhebe ich mich von der Couch, doch James zieht mich mit Leichtigkeit wieder zurück, sodass ich abrupt auf seinem Schoß lande.

»Nein, Marissa. Lass mich nicht im Dunkeln tappen. Ich liebe dich und ich werde nicht zulassen, dass dich dieser Psychopath weiter in deinen Gedanken verfolgt.«

Mit ernster Miene sieht er mir direkt ins Gesicht.

»Und du denkst wirklich, wenn ich darüber spreche, wäre mir damit geholfen?«, frage ich aufgebracht. »Lass es gut sein!«, fordere ich gereizt. James' Augenbrauen schießen verständnislos in die Höhe.

»Es gut sein lassen?«, wiederholt er verärgert. Er schiebt mir mein Sweatshirt über den Bauch, bis er einen ungehinderten Blick auf die Hämatome und Schnitte hat, die sich auf und unter meinen hervorstehenden Rippen abzeichnen. Zischend lässt er seinen Atem durch die grimmig zusammengepressten Lippen entweichen.

»Es gut sein lassen«, flüstert er zum wiederholten Male. Aufmerksam beobachte ich sein Mienenspiel, das gerade noch von Zorn überwältigt zu sein schien. Doch jetzt zeichnet sich in seinem Gesicht nur noch blanke Verzweiflung ab. Da ich es keine Sekunde länger ertragen kann, James so zu sehen, zwinge ich mich, ihm einen Schritt entgegenzukommen, *nur einen!* »Du darfst mir eine Frage stellen, die ich dir beantworte. Aber mehr ertrage ich heute nicht.« Sofort habe ich seine volle Aufmerksamkeit. »Nur *eine* James. Versprich es mir!«, beharre ich. Einverstanden nickt er mir zu. »Hat er dich vergewaltigt?«, platzt es sofort aus ihm heraus. Mit angehaltenem Atem starrt er mich an, seine Hände sind zu Fäusten geballt. »Nein«, entgegne ich kaum hörbar.

Für den Bruchteil einer Sekunde entspannt sich James' Haltung ein wenig. »Aber er hat dich geschlagen...und schlimmeres«, stellt er mit gesenkter Stimme fest, seine Gesichtsfarbe wirkt kreidebleich. Da ich das Gefühl habe, seinem schmerzerfüllten Anblick keinen Wimpernschlag länger standzuhalten, schalte ich das Licht in Flur und Wohnzimmer aus und hocke mich in die kleine Nische unter der Treppe. Am liebsten würde ich einfach allein sein. Doch noch ehe ich diesen Gedanken zu Ende gedacht habe, höre ich James bereits auf mich zukommen. Der alte Dielenboden knarrt unter jedem seiner Schritte. Es ist so dunkel, dass ich nur seinen vagen Umriss erkennen kann, als er sich vor mich hockt und seine Hände auf meinen angewinkelten Knien verweilen lässt. Im gesamten Haus herrscht eine absolute Stille, die lediglich durch unsere Atemzüge unterbrochen wird. »Wenn ich dir erzähle, was er getan hat... wozu er mich gezwungen hat, wirst du mich verlassen«, flüstere ich. Ich höre James ungläubig nach Luft schnappen. Beinahe geräuschlos kriecht er zu mir, setzt sich neben mich und umschlingt meinen Körper so fest, dass ich mich wie in einer Schraubzwinge fühle.

Doch es ist kein unangenehmes Gefühl, denn mein bis eben galoppierender Herzschlag beruhigt sich augenblicklich. Mein Kopf ruht auf seiner Brust und ich konzentriere mich nur noch auf seinen Herzschlag, die Wärme seiner Haut und seinen beruhigenden Geruch. So eng an ihn gepresst fühle ich mich in absoluter, vollkommener Sicherheit. »Ich werde dich niemals verlassen, Marissa. Ich hab dich doch gerade erst wieder«, raunt er tröstend. »Es gibt rein gar nichts, was du tun könntest, das meine Liebe zu dir auch nur schmälert«, versichert er. Die ganze Zeit über streicht er sanft mit seinem Daumen über meinen Oberarm, was mich zwar leicht schmerzt, aber dennoch Trost spendet. »Darf ich es dir morgen erzählen, bevor Ava kommt? Ich bin so unendlich müde, James.« Er nickt schweigend, ich kann seine Kopfbewegung an meinem Scheitel spüren. Nach einer Weile greift er vorsichtig nach meiner Hand und hilft mir auf. Wie selbstverständlich hebt er mich in seine Arme und trägt mich ins Schlafzimmer. Dankbar für diese Geste hauche ich ihm einen flüchtigen Kuss auf den Hals, ehe ich meinen Kopf erschöpft an seine Schulter schmiege.

Während ich im Bett auf James warte, habe ich Mühe, zur Ruhe zu kommen. Meine Gedanken flattern so wirr umher, wie die Motten um das Licht. »Die Alarmanlage ist eingeschaltet und alle Türen sind verschlossen«, sagt James, als er den Raum betritt. Er zieht sein Shirt aus und wirft es achtlos Richtung Badezimmertür. Der Stoff landet beinahe lautlos auf dem Teppich. Unwillkürlich verziehe ich den Mund zu einem kleinen Lächeln. Als er zu mir ins Bett steigt, bemerkt er mein Grinsen. »Nicht, dass ich mich beschweren würde, aber woher rührt dieses verschmitzte Lächeln?« Er zieht eine Augenbraue hoch und grinst schief. Anstatt etwas zu erwidern, lasse ich meinen Blick zu seinem Shirt schweifen, das unordentlich auf dem Boden verweilt. Als er versteht, sieht er mich entschuldigend an. »Der Wäschekorb war so weit weg.« Sein schelmisches Grinsen wird breiter, dabei sieht er so jung aus, wenn er das macht. Noch immer lächelnd schüttle ich den Kopf und lehne mich an seine Schulter. In einer angenehmen Stille sitzen wir dicht beieinander. Allmählich bemerke ich, wie ich mich durch seine Nähe zu entspannen beginne und meine Gedanken zur Ruhe kommen. James fährt mit seinem

Daumen gedankenversunken meinen Ringfinger entlang, an der Stelle, wo damals mein Ehering war. Als ich zu ihm aufsehe, stelle ich fest, dass ihn irgendetwas zu beschäftigen scheint. Noch bevor ich diesen Gedanken äußern kann, öffnet er unversehens seine Nachttischschublade und kramt kurz darin. Plötzlich sieht er wahnsinnig aufgeregt aus. Unvermutet zückt er einen weißgoldenen Ring hervor, der mit einem kirschkerngroßen Diamanten versehen ist. Mir fällt die Kinnlade herunter. Sprachlos sehe ich ihn an. »Ich weiß, dass du deinen Ring nicht mehr tragen kannst, und wenn ich bedenke, was mit ihm passiert ist, würde ich das auch nicht wollen...« Er zuckt mit den Schultern, greift nach meiner Hand und küsst sanft den Knöchel meines Ringfingers. Als er mir den Ring überstreift, blickt er mir liebevoll in die Augen. »James«, hauche ich, als ich meine Stimme wiedergefunden habe.

»Der ist wunderschön.« Mit vollster Aufmerksamkeit bestaune ich den Ring. Durch das Licht der Nachttischlampe funkelt der Diamant ein wenig, als ich meine Hand beim Betrachten leicht hin und her bewege.

»Er gefällt dir?« Als ich nicke, strahlt er übers ganze

Gesicht. »Ich liebe ihn«, flüstere ich und küsse James auf den Mund. »Und dich liebe ich auch«, füge ich hauchend hinzu. »Aber der war doch sicher sündhaft teuer«, stelle ich stirnrunzelnd fest, während mein Blick weiter auf dem Diamanten haften bleibt. »Ich habe neulich in der Garage ein Ölgemälde meiner Mom wiedergefunden. Ich wusste gar nicht mehr, dass sich das noch in unserem Besitzt befindet.« Als ich ihn weiterhin fragend ansehe, fährt er fort. »Ich habe das Gemälde online versteigert und einen überaus akzeptablen Preis bekommen. Mach dir keine Gedanken«, raunt er beruhigend. Aus unerfindlichen Gründen schmerzt mich das Wissen, dass er etwas so Wertvolles von seiner Mom verkauft hat. »Sie hat dieses Gemälde nie leiden können«, sagt er in meine Gedanken hinein. »Es war ein Erbstück ihrer Stiefmutter. Meine Mom bewahrte das Bild nur auf, weil sie wusste, dass es einen gewissen Wert hat. Sonst hätte sie es wohl längst entsorgt.« Er verdreht die Augen, grinst jedoch. »Meine Mom würde den Gedanken lieben, wenn sie wüsste, dass ich dieses alte Erbstück gegen so etwas Wunderbares eingetauscht habe.« Er scheint einen kurzen Augenblick nachzudenken. »Und dich

109

würde sie gewiss auch lieben«, flüstert er heiser. Berührt von seinen Worten schmiege ich mich an ihn. »Deine Mom wäre sehr stolz, wenn sie sehen könnte, was für ein beeindruckender Mann aus dir geworden ist«, flüstere ich. Ihm huscht ein schüchternes Lächeln übers Gesicht. »Ich danke dir.« Ich presse ihm einen sanften Kuss in die Handfläche. James knipst die Nachttischlampe aus und zieht mich in seine Arme. Ich spüre ihn im Dunkeln lächeln.

»Denk nicht mal dran!« Nathans eiskalter Blick durchbohrt mich regelrecht. Prompt verschließt er die Tür hinter sich und legt mir Fesseln um die Handgelenke. *Nicht schon wieder!* »Ich laufe nicht weg, ich schwöre es!«, verspreche ich mit bebender Stimme. Meine Handgelenke sind mittlerweile schon ganz wund, das Seil schneidet sich schmerzhaft in mein aufgescheuertes Fleisch. »Darauf kann ich wirklich nicht vertrauen. Sieben Wochen, Marissa! Du bist seit sieben Wochen bei mir und noch immer schreist du *seinen* Namen im Schlaf.« Nathans Stimme trieft vor Verachtung, er sieht mich zornig an. »Wenn du dich endlich auf *mich* konzentrieren würdest, hättest du ihn schon längst vergessen.« Es scheint, als würde er über seine eigenen Worte kurz nachdenken. »Wenn du dich nur auf das hier einlassen würdest, könntest du ihn vergessen...Mit der Zeit«, fügt er überzeugt hinzu. Ich erkenne in seinem Blick, dass seine Worte aufrichtig gemeint sind. Ein Schwall des Ekels durchfährt meinen Körper, als er seinen Zeigefinger sanft über meine Lippen gleiten lässt. *Was geht nur in seinem kranken Kopf vor?*

»So viel Zeit existiert auf dieser Welt nicht, um ihn zu vergessen«, presse ich schwer atmend hervor. Nathans Augen nehmen einen leeren Ausdruck an. Dann schlägt er mir mit voller Kraft ins Gesicht. Sofort wird alles um mich herum schwarz.

Kapitel 12

Verschlafen öffne ich die Augen und blicke verwundert auf die leere Seite des Bettes. Aus dem Erdgeschoss nehme ich aufgeregtes Gemurmel wahr. Ich schnappe mir meinen Bademantel und gehe runter in den Flur, um nachzusehen, was dort los ist. »Ich will mich aber von Mommy verabschieden«, beschwert sich Hope. »Wieso müssen wir schon wieder zu Onkel Jackson?«, fragt Faye, ihre kleinen Fäuste zornig gegen die Hüften gestemmt. »Das würde mich auch interessieren«, sage ich, als ich den Fuße der Treppe erreicht habe. Sofort richten sich alle Augenpaare auf mich. Faye und Hope klammern sich ungestüm an meinem Bademantel fest. Schützend lege ich beiden je eine Hand auf ihre Schultern. »James rief an und erklärte, dass ihr ein wenig mehr Zeit für euch gebrauchen könntet. Ich halte das für eine gute Idee«, gesteht Jackson und bedenkt mich mit einem sorgenvollen Blick. Verlegen kämme ich mir mit den Fingern grob durchs wirre Haar und straffe die Schultern. »Detective

Andrews wollte sich zeitnah bei uns melden und wir haben noch einiges zu besprechen«, erklärt James an mich gewandt, in seinen Augen erscheint ein undefinierbaren Ausdruck.

»Im Freizeitpark ist es sicher viel aufregender, als hier zuhause. Mommy muss sich noch ein wenig ausruhen«, erklärt James im sanften Tonfall und lächelt den beiden liebevoll zu. »Aber du gehst nicht wieder weg?«, fragt Hope und blickt verunsichert zu mir hoch. Unmittelbar gehe ich in die Hocke und blicke den beiden fest in die Augen. »Ich werde nie wieder von euch weggehen, das verspreche ich.« Fürsorglich streiche ich ihnen durchs Haar. »Wie lange müssen wir diesmal bei Onkel Jackson und Tante Amara bleiben?« Hope verdreht theatralisch die Augen. Obwohl mir nicht nach lachen zumute ist, huscht mir unwillkürlich ein dezentes Grinsen übers Gesicht. *Hope, mein kleiner Miesepeter!*

Fragend blicke ich zu James. »Nur ein paar Tage, mein Schatz«, verspricht er beschwichtigend. »Damit Mommy und ich uns um einige langweilige Dinge kümmern können. Und wenn das erledigt ist, fahren wir gemeinsam in den Urlaub. Wie klingt das? Nur du, Mommy, deine

Schwester und ich.« Hope grinst, doch ihr Sturkopf erlaubt ihr keine Nachgiebigkeit, was sie uns mit einem genervten Stöhnen unmissverständlich zu verstehen gibt. Faye hingegen scheint hellauf begeistert. »Ich könnte allerdings auch mit Tante Amara und Tate allein in den Freizeitpark, wenn ihr keine Lust habt«, klinkt sich Jackson achselzuckend ein. Er zwinkert mir unauffällig zu. »Den ganzen Tag Riesenrad fahren, Zuckerwatte essen und Ponys streicheln ist viel langweiliger, als Sandburgen im Garten zu bauen. Ich verstehe das schon.« Mit jedem seiner Worte werden Hopes Augen vor Aufregung größer, Faye klatscht aufgeregt in die Hände. »Ich will mitkommen, Onkel Jackson!«

»Dann will ich auch mit!«, verkündet Hope, bemüht, sich ihre Vorfreude nicht *zu sehr* anmerken zu lassen. Jackson zwinkert mir erneut zu und formt das Wort »Psychologie« lautlos mit den Lippen. Ich küsse die beiden Mädchen zum Abschied, die halb erfreut und halb widerwillig Jacksons Hand ergreifen und mir noch einmal zuwinken.

»Wieso sprichst du solche Dinge nicht mit mir ab?«, frage ich James, sobald die Tür ins Schloss gefallen ist. Mit verschränkten Armen bleibe ich mitten im Raum stehen. Verständnislos blickt er mich an. »Ist das dein Ernst?« Aufgebracht zieht er die Augenbrauen hoch. »Natürlich«, entgegne ich verwirrt. Er streckt mir seinen Arm entgegen. »Wegen dem hier«, erklärt er knapp. Fassungslos begutachte ich seinen Arm, der von unzähligen Kratzern übersät ist. »Ist das ein Biss?«, frage ich entsetzt und zeichne mit meinem Finger den kleinen Kreis auf seinem Arm nach. »Erinnerst du dich nicht?« Ich schüttle verdutzt den Kopf. »Du hast letzte Nacht geschrien, Marissa. Du hast wild um dich geschlagen und als ich dich aufwecken wollte, hast du dich förmlich in meinem Arm festgebissen.« Augenblicklich entfleucht mir ein Kichern, gefolgt von einem lautstarken, hysterischen Lachanfall. »Ich... ich habe was?«, frage ich, als ich wieder zu Atem komme. Verunsichert grinst James schief, doch das Lächeln erreicht seine Augen nicht. »Du hattest einen ziemlich heftigen Albtraum. Das hat mir wirklich Angst gemacht.« Seine Stimme ist rau. Sprachlos und verwundert zugleich setze ich mich an den Küchentisch. »Möchtest du einen Tee?« Dankbar nicke ich ihm zu, während ich krampfhaft versuche, mir die letzte Nacht in Erinnerung zu rufen. Doch ich kann mich nicht mal erinnern, überhaupt irgendetwas geträumt zu haben. Ratlos zupfe ich an einer meiner Haarsträhnen und verdränge den Gedanken, James wehgetan zu haben. Als er sich zu mir setzt, sehe ich ihm verstohlen in die Augen. »Es tut mir leid«, flüstere ich und senke den Blick. Sofort greift er über die Tischplatte nach meiner Hand. »Dir muss nichts leidtun. Hey, sieh mich an!« Als ich ihm in die Augen sehe, grinst er. »Obwohl du so zierlich bist, hast du eine enorme Kraft«, stellt er beeindruckt fest, sein Grinsen wird augenblicklich noch breiter. Erleichtert über seine wiedererlangte Ausgelassenheit lasse ich meinen angehaltenen Atem entweichen. »Es tut mir trotzdem leid, dass ich dir wehgetan habe.« James haucht mir einen flüchtigen Kuss auf die Stirn. »Alles in Ordnung«, versichert er. Ich nehme einen tiefen Atemzug und straffe meine schmalen Schultern. »Ich werde dir nun erzählen, was mir zugestoßen ist«, flüstere ich. Diese neun Worte verlangen mir meinen ganzen Mut ab. James steht auf, um sich neben mich zu setzen, lässt aber keine Sekunde meine Hand los, während er den Tisch mit drei großen Schritten umrundet. Mit angehaltenem Atem kralle ich meine Nägel tief in meine Handfläche, fest entschlossen, ihm einfach *alles* zu erzählen.

James knallt die gläserne Verandatür mit so einer Wucht zu, dass ich verwundert bin, dass die Scheibe nicht zu Bruch gegangen ist. Ich beobachte, wie er einige Schritte raus in den Garten läuft, dann fällt er auf die Knie. Er zuckt am gesamten Körper ganz eigenartig, dann erbricht er sich heftig. Geistesgegenwärtig schnappe ich mir ein halbvolles Wasserglas von der Anrichte und gehe ihm hinterher. »Trink das!« Mit zitternden Händen halte ich ihm das Glas auffordernd entgegen. Schwer atmend schüttelt er den Kopf und vermeidet es, mir in die Augen zu sehen. »James. Mir geht es...«

»Wenn du noch einmal behauptest, dass es dir *gut* geht, dann vergesse ich mich!«, schreit er, ohne mich dabei anzusehen. Vor Schreck zucke ich so heftig zusammen, dass mir das Glas aus den Fingern rutscht. Lautlos landet es im Gras, woraufhin sich unverzüglich eine kleine Pfütze bildet.

»Dir geht es *nicht* gut! Doch das ist das Einzige, das du dich auszusprechen traust. Wie sollte es dir jemals wieder gut gehen?« James' Verzweiflung in der Stimme und die Erinnerung an das Erlebte kratzen tiefe Risse in meine mühselig aufgebaute Fassade. »Wieso hast du das nur getan, Marissa? Wieso? Das hätte ich niemals gewollt.« James' rot umrandete Augen sehen mich müde an. Durch meine aufkeimende Überforderung weiß ich mir nicht anders zu helfen und lasse mich einfach auf den Boden fallen. Wie ein Kleinkind, das nichts mehr hören will, halte ich mir die Ohren zu und kneife meine Augen so fest zusammen, dass meine Lider schmerzen.

»Mir geht es gut, mir geht es gut«, flüstere ich immer wieder wie ein Mantra vor mich hin, in der verzweifelten Hoffnung, dass es wahr wird. James entreißt mir die Hände von den Ohren und presst seine Stirn gegen meine.

»Hör endlich auf, das zu sagen!«, fordert er energisch. »Marissa, los, sieh mich an!« Als er seine Hände um mein Gesicht legt, öffne ich die Augen. »Wieso hast du das nur getan?«, wiederholt er ungläubig.

»Wieso hast du ihm nicht einfach gesagt, was er hören wollte?«

»Das konnte ich nicht, James. Nach allem, wozu er mich gebracht hat, wäre ich lieber gestorben, als ihm diese

Genugtuung zu verschaffen.« Resigniert schüttelt er den Kopf. »Du bist so verflucht dickköpfig«, schimpft er, doch sein Blick ist weich. »Das zwischen uns, ist das Stärkste, das ich je gefühlt habe. Wie hätte ich das auch nur eine Sekunde verleugnen sollen?« Ich schmiege ihm meine Hände an die stoppelige Wange. Er presst mir einen sanften Kuss aufs Handgelenk. »Na komm, gehen wir rein!« James streckt mir seine Hand entgegen und wir gehen zurück ins Haus.

»Okay. Jetzt sieh in die Kamera.« Nathan hockt sich ganz dicht vor mich hin und hält mir eine kleine, schwarze Kamera ins Gesicht. »Fick dich!« Er verpasst mir eine schallende Ohrfeige, woraufhin ich sofort zu Boden gehe. »Oh Marissa, ich liebe dein vorlautes Mundwerk, aber jetzt ist nicht der richtige Zeitpunkt dafür.« Nathan sieht mich mit einer Mischung aus Frustration und Bewunderung an. Er packt mich grob am Oberarm und setzt mich wieder auf.

»Neuer Versuch?« Ich schüttle mit gesenktem Blick den Kopf, während ich mir die heiße, schmerzende Wange halte. Nathan lässt die Kamera achtlos zu Boden fallen und umfasst mein Gesicht mit beiden Händen, so dass ich gezwungen bin, ihm direkt in die Augen zu sehen. »Denkst du, mir gefällt diese Scheiße hier? Ich liebe dich und hasse es, dich so zu sehen.« Bei seinen Worten durchfährt mich ein eiskalter Schauer, gepaart mit Ekel und dem unwiderstehlichen Drang, ihm ins Gesicht zu spucken. »Schön! Du zwingst mich dazu.« Nathan zuckt wie ein beleidigtes Kind mit den Achseln, dann greift er nach einer schwarzen Tasche, die mitten im Raum liegt und kramt kurz darin. Wie in Zeitlupe legt er ein Foto vor mir auf den Boden. Mit zitternden Händen greife ich danach und betrachte das Bild mit tränenverschwommenen Augen. Auf dem Foto ist James zu sehen, vor unserem Haus. Er sitzt auf dem Treppenabsatz, seine Augen sehen müde und verweint aus, die ungewaschenen Haare fallen ihm verwahrlost ins Gesicht. Ein völlig untypischer Anblick, der mir zweifellos beweist, dass er am Boden zerstört sein muss. Nathan entreißt mir das Bild und umfasst mein Kinn. »Wenn ich weiterhin keine Fortschritte erkennen kann, werde ich ihn umbringen. Ich werde ihn mir holen und dir nur seinen Kopf bringen.« Nathans Augen sind genauso kalt und gefühllos wie seine Stimme. Ich zweifle nicht im Geringsten an der Wahrhaftigkeit seiner Worte. Erneut richtet er die Kamera auf mich und nickt mir bestimmend zu. Ich wische mir mit dem Handrücken übers Gesicht und blicke in die Linse.

»Mein Name ist Marissa Evans und ich möchte ein Geständnis ablegen.«

Das Klingeln an der Tür lässt mich hochschrecken. Ich habe gar nicht gemerkt, dass ich eingenickt bin. »Sie ist gerade erst eingeschlafen. Komm ein anderes Mal wieder!«, flüstert James abweisend. »Ein anderes Mal? Ich habe einen siebenstündigen Flug hinter mir, nur um sie zu sehen. Bitte James.« Avas besorgte Stimme. »Ich bin wach. Ava, komm bitte rein!«, fordere ich sie auf und räkle mich verschlafen auf der Couch. Als sie den Wohnbereich betritt, kommt sie stürmisch auf mich zu. »Ich habe dich so vermisst«, haucht sie und schließt mich in ihre Arme. »Ich bin oben, falls du mich brauchst«, sagt James argwöhnisch und verlässt den Raum. Dankbar nicke ich ihm zu.

»Es ist unfassbar, was du in den letzten Wochen durchgemacht hast!« Obwohl sie sichtlich bemüht ist, ihr Entsetzen zu verbergen, verrät sie ihre bebende Stimme.

»Ich bin einfach nur froh, wenn ich mal eine Sekunde nicht an dieses Martyrium denken muss«, hauche ich. Verständnisvoll nickt sie. Nachdem ich Ava über die Vorkommnisse der letzten Wochen aufgeklärt habe, möchte ich nichts weiter, als Nathan aus meinen Gedanken zu verbannen. »Möchtest du etwas Trinken? Ich jedenfalls brauche dringend ein Glas Wasser«, sage ich und hieve mich ungeschickt von der Couch. »Warte, ich helfe dir«, wendet Ava ein, als ihr Blick meinen abgemagerten Körper hinab wandert. Fürsorglich legt sie einen Arm um meine Taille, woraufhin ich unbewusst zusammenzucke. Erschrocken lässt sie von mir ab. »Habe ich dir wehgetan?«, fragt sie mit piepsender Stimme und hebt abwehrend die Hände. Anstelle einer Antwort hebe ich mein Sweatshirt ein wenig an, damit sie einen ungehinderten Blick auf meine unzähligen Schnitte und Hämatome erhaschen kann. Sie holt deutlich hörbar Luft, ihre Augen wirken plötzlich so groß wie Untertassen. »Sieh mich nicht so an! Lass es einfach!«, mahne ich sie und schlendere in die Küche. Sofort ärgere ich mich über mich selbst und frage mich unweigerlich, wieso ich bei ihr ständig das Bedürfnis verspüre, absolute Offenheit an den Tag zu legen. *Vermutlich, weil sie wie eine Schwester für mich ist,* belehrt mich meine innere Stimme. Schwerfällig hole ich zwei Wassergläser aus dem Hängeschrank und befülle sie mit etwas Leitungswasser. Begierig kippe ich den gesamten Inhalt des Glases meine trockene Kehle hinunter. Ava nippt verlegen an ihrem Wasser, während sie mich beschämt durch ihre langen Wimpern ansieht. »Ich wollte dich nicht anfahren«, entschuldige ich mich halbherzig. »Ich ertrage dieses Mitleid nicht mehr«, gestehe ich leise. Sie nickt wortlos. »James ist die ganze Zeit so bemüht, dass ich mich sicher fühle«, fahre ich nach einer kurzen Zeit des Schweigens fort.

»Ist das denn etwas Schlechtes?«, fragt sie verwundert. Ich stöhne resigniert auf. »Nein, natürlich nicht.«. Müde schlurfe ich zum Küchentisch und nehme in der kleinen Nische neben dem Fenster Platz. Ava tut es mir nach und setzt sich mir gegenüber. »James tut so, als wäre ich völlig unverschuldet in diese Situation gekommen«, hauche ich.

»Was willst du denn damit andeuten?«, fragt sie verständnislos. Ich zupfe nervös an einer meiner Haarsträhnen. »Einen Tag, bevor ich in Nathans Gewalt geriet, bekam ich einen Brief von ihm...« Noch immer sieht sie mich fragend an. »Ich war fast zehn Jahre lang mit Brian verheiratet. Und wir beide wissen, was er mir angetan hat, wozu er fähig war. Nichtsdestotrotz habe ich James Nathans Nachricht verschwiegen, bin auf eigene Faust zu ihm gegangen, in dem naiven Irrglauben, dass ich irgendetwas ausrichten könnte.« Ich schüttle verbittert den Kopf. »Ich *wusste*, wozu Nathan im Stande ist«, presse ich angestrengt hervor, meine Fingernägel bohren sich tief in meine Handflächen. »Das ist Blödsinn«, wendet Ava ein. »Nach allem, was Brian mir angetan hat, musste ich es wissen«, beharre ich. »Ich habe beinahe meine gesamte Familie zerstört und James hat mir nicht einmal Vorwürfe gemacht.« Beschämt wische ich mir eine Träne von der Wange. »Die Art, wie er mich ansieht... Dieses Mitgefühl in seinen Augen... Ich wünschte, er würde mich anbrüllen, mir sagen, wie verantwortungslos ich gehandelt habe.« Meine Stimme überschlägt sich beinahe. Ava nickt und setzt einen wissenden Gesichtsausdruck auf. »Ich verstehe«, haucht sie. »Du hast Schuldgefühle«, stellt sie schockiert fest, ihre Stimme ist kaum lauter als ein Flüstern. »Lass dich davon nicht auffressen!« Sie greift über die Tischplatte nach meiner Hand. »Es ist nicht deine Schuld«, sagt sie mit fester Stimme. Ich schüttle kaum merklich den Kopf. »Du hättest nichts davon vorhersehen können. Es ist *nicht* deine Schuld!«, wiederholt sie, diesmal energischer. Da es keinen Sinn macht, sich weiter gegen das Gefühl der Scham, Schuld und Leere zu wehren, lasse ich meinen Tränen widerwillig freien Lauf. Mit einem bekümmerten Ausdruck in den Augen setzt Ava sich neben mich und legt ihren Arm sanft um meine Schulter. »Lass es einfach raus, danach geht es dir bestimmt besser«, flüstert sie und streicht mir mütterlich durchs Haar. »Ich will nicht mehr über Nathan reden, nie wieder...«, schluchze ich. Eine ganze Weile lässt sie mich schweigend ungehindert weiter weinen, bis mein Schluchzen schließlich verebbt. Nach einer kurzen Zeit der Stille beginnt Ava, mir von ihrer Zeit in England zu erzählen. Mit purem Enthusiasmus schwärmt sie von den Leuten, die sie dort kennengelernt hat und ihrem kleinen Apartment, das einen märchenhaften Ausblick auf einen kleinen Park hat, der mit unzähligen, bunten Hyazynthen und Tulpen bepflanzt ist. Amüsiert stelle ich fest, dass Avas Leidenschaft für Pflanzen auch nach all den Jahren nicht abgenommen hat. Dankbar lächle ich ihr immer wieder zu, während sie weitererzählt. Noch nie habe ich Avas einfühlsame Eigenschaft so sehr geschätzt, wie in diesem Augenblick. Dass sie mich nicht weiter bedrängt oder gut gemeinte Ratschläge, die im Augenblick ohnehin nicht hilfreich sind, verteilt, lässt mich einen wohltuenden Moment zu Atem kommen. In vollen Zügen genieße ich diese Ablenkung.

Wenige Augenblicke nachdem Ava gegangen ist, betritt James den Wohnbereich. Er trägt eine locker auf den Hüften sitzende schwarze Jogginghose, sein Oberkörper ist nackt. Gedankenversunken trocknet er sich die Haare. Als er mich auf der Couch sitzen sieht, wirft er das Handtuch achtlos auf den Sessel. »Wie geht es dir?«, fragt er skeptisch, als er sich neben mich setzt. Ich lächle ihn zaghaft an. »Es tat gut, mit Ava zu sprechen«, antworte ich wahrheitsgemäß. Er scheint erleichtert über meine Antwort zu sein. Überschwänglich zieht er mich auf seinen

Schoß, vor Überraschung schreie ich kurz auf. »Was hast du vor?«, frage ich lachend. Er lehnt seine Stirn an meine. »Es ist unglaublich schön, dich so entspannt zu sehen«, antwortet er. Unversehens spüre ich das Vibrieren seines Handys an meinem Schenkel. Ohne mich loszulassen, kramt er es aus seiner Hosentasche heraus. »Jackson«, meldet er sich überrascht. Ich mache Anstalten, von seinem Schoß aufzustehen, doch James schlingt mir seinen Arm fester um die Taille. Demzufolge lehne ich mich an seine Schulter und lausche seinem Teil der Unterhaltung. »Danke fürs Bescheid sagen… Ja, das klingt toll.« Er lehnt seinen Kopf an meinen, dabei verlieren seine nassen Haare einige Wassertröpfchen, die ungehindert meine Nasenspitze entlang rinnen. »Ich danke dir. Das ist eine sehr gute Idee«, sagt James, in seiner Stimme schwingt eine leichte Vorfreude mit. »Ich melde mich, wenn wir wieder zurück sind.« Es herrscht einen Augenblick Stille. »Pass gut auf unsere Mädchen auf und richte ihnen aus, dass wir sie sehr lieben.« Mit diesen Worten beendet er das Telefonat. »Worum ging es?«, frage ich interessiert. Er lächelt und wischt mir beiläufig mit dem Daumen über die Nasenspitze, um einen Wassertropfen wegzustreichen. »Erinnerst du dich an Jacksons und Amaras Ferienhaus, das sie vor einigen Jahren gekauft haben?«

Ich runzle die Stirn. »Vage«, entgegne ich nur.

»Jackson hat vorgeschlagen, dass wir eine Zeit lang dort bleiben. Was hältst du davon?« Er verlagert sein Gewicht. »Bin ich zu schwer?« Er schnaubt abfällig. »Ich bitte dich!« Achselzuckend denke ich einen kurzen Augenblick nach. »Ich würde gern eine Weile woanders hin«, sage ich schließlich gedankenverloren. An einen Ort zu fahren, der Nathan nicht bekannt ist, klingt gerade jetzt überaus verlockend. Bei diesem Gedanken bildet sich, wie immer, wenn sich Nathans Gesicht in mein Gedächtnis dringt, an meinem gesamten Körper eine schmerzhafte Gänsehaut. Scheinbar entgeht James mein plötzliches Unbehagen nicht. »Alles okay, Sweetheart?« Er streicht fürsorglich mit dem Daumen meinen Arm entlang. Instinktiv vergrabe ich mein Gesicht tiefer an seinen Hals. »Ja, alles okay«, beruhige ich ihn. Ich kann es kaum erwarten, mit James von hier zu verschwinden.

Kapitel 13

Die kühle Nachmittagsbrise weht angenehm durch mein Haar. Nachdem James das Motorrad abgestellt hat, reiche ich ihm meinen Helm und blicke mich staunend um. »Jackson hat wahrlich nicht zu viel versprochen«, grinse ich und pfeife beeindruckt. Die Ortschaft ist wunderschön. Umgeben von nichts weiter als Wiesen und Feldern, wirkt die Atmosphäre wie ein Ort der Stille und des Friedens. Mit einem breiten Lächeln kommt James an meine Seite und legt seinen Arm lässig um meine Taille. »Wollen wir mal checken, wie es von innen aussieht?« Einverstanden nicke ich ihm zu.

»Unsere Sachen sind verstaut. Möchtest du etwas Essen?« James sieht mich erwartungsvoll an. »Gern.« Ich lächle schüchtern. Während ich mich weiterhin im Haus interessiert umblicke, folge ich James in die gigantische Küche. Die karminrote Küchenzeile sieht durch den schwarzen Marmorfußboden noch eleganter als ohnehin schon aus. Die gesamte Küche wird durch das riesige

Fenster lichtdurchflutet, so dass sich meine schmale Silhouette im Boden spiegelt.

»Was geht dir durch den Kopf?« James schließt lässig die Kühlschranktür mit der Hüfte und kommt schleichend auf mich zu. Plötzlich wirkt er besorgt. Ich lächle ihm beruhigend zu und lasse meinen Blick durch den Raum schweifen. »Ich habe gerade nur gedacht, wie wunderschön es hier ist«, antworte ich wahrheitsgemäß. Das Ferienhaus mit der angrenzenden, kleinen Einkaufspassage, zirka fünfhundert Meter von uns entfernt, ist einfach traumhaft. Um dem Haus herum befindet sich eine gepflegte Grünfläche, in der Mitte der Wiese ist ein kleiner Teich. Das nächste Ferienhaus am angrenzenden Zaun ist ungefähr hundertfünfzig Meter entfernt und gönnt einem so genug Privatsphäre in der ländlichen Idylle. Die Atmosphäre, die uns umgibt, wirkt wie Balsam für meine geschundene Seele. »Wir könnten uns auch später etwas Essen zum Mitnehmen besorgen«, überlegt James und streift mit der Nase meine Wange, während er seine Arme um mich schlingt. Einverstanden nicke ich ihm zu. »Hol doch schon mal zwei Flaschen Wasser aus dem Kühlschrank. Ich bin sofort wieder da«, erkläre ich und löse mich von ihm, um hoch ins Schlafzimmer zu huschen. Wie zu erwarten sind auch die restlichen Zimmer des Hauses hell und stilsicher eingerichtet. Ich muss mich nur wenige Sekunden in dem großen Kleiderschrank umsehen, bis ich eine Decke gefunden habe. Zufrieden gehe ich runter in die Küche, wo mich James mit einem fragenden Gesichtsausdruck erwartet.

Ich genieße die kühle Brise, die mir mein Haar leicht ins Gesicht weht, in vollen Zügen. Die Sonne spiegelt sich beinahe magisch in dem Wasser des Teiches.

Mir entfleucht ein wohliges Seufzen, als ich meinen Blick auf James richte. »Das Picknick war eine gute Idee.« Er grinst mich mit einer hochgezogenen Augenbraue an. »Picknick könnte man es wohl nur nennen, wenn wir etwas zu Essen hätten«, lache ich. Sofort wird seine Miene ernst. »Bist du hungrig? Ich kann schnell losfahren, um uns etwas zu besorgen.« James runzelt verunsichert die Stirn. »Würdest du *bitte* damit aufhören, mich wie ein rohes Ei zu behandeln?« Mein Tonfall ist so schrill, dass James mit erhobenen Händen und Unschuldsmiene augenblicklich in lautes Gelächter verfällt. Wenige Sekunden später stimme ich zufrieden mit ein.

Während ich wohlwollend in James' Armen liege, beobachte ich blinzelnd die rötlich verfärbte Sonne beim Untergehen. »Wenn wir heute noch etwas anderes als trockenen Reis essen wollen, sollten wir uns langsam auf den Weg machen.« Mir entgeht James' drängender Unterton nicht. Seitdem wir zusammenwohnen, ist er stets bemüht, dass ich genug esse. Nach meiner Tortur mit Nathan scheinbar mehr als je zuvor. Ich blicke träge zu ihm auf, dabei verziehe ich meine Lippen zu einem Schmollmund. Grinsend presst er mir einen Kuss auf den Scheitel. Als sich unsere Blicke treffen, durchfährt mich ein wohliger Schauer. »Ich könnte ewig hier liegenbleiben«, seufze ich und schmiege meine Nase an seinen Hals. Er stöhnt leise auf, legt seine Wange an meinen Scheitel und verschränkt seine Finger mit meinen. »Dann gehen wir eben morgen früh einkaufen«, beschließt er, er klingt beinahe erleichtert. Eine ganze Weile liegen wir einfach stillschweigend so da und genießen die selige Ruhe um uns herum.

Als ich das Bad betrete, sehe ich James, nur mit seiner Jogginghose bekleidet, vor dem großen Spiegel stehen. Ungeschickt nestelt er an dem Verband an seiner Schulter herum, ehe er ihn mit verzerrten Gesichtsausdruck ruckartig von der Wunde reißt. »Du liebe Güte, James«, mahne ich ihn. Als er meine Anwesenheit zur Kenntnis nimmt, sieht er mich entschuldigend an. »Das Scheißteil hat genervt. Ist doch gut verheilt«, stellt er fest, als er einen umständlichen Blick auf seine Schulter wirft. »Ich weiß ja nicht.« Mit gerunzelter Stirn sehe ich mir die Narbe aufmerksam an. Es wirkt tatsächlich so, als wäre die Wunde größtenteils abgeheilt, dennoch überkommt mich ein eiskalter Schauder, als ich meine Fingerspitzen vorsichtig über die Narbe gleiten lasse. James betrachtet im Spiegel aufmerksam mein Mienenspiel. Als sich unsere Blicke treffen, schüttelt er kaum merklich den Kopf. »Es tut nicht mehr weh«, flüstert er heiser, als er sich mir zuwendet. Zärtlich versucht er mit seinem Daumen die tiefe Sorgenfalte zwischen meinen Augenbrauen glattzustreichen. Als ihm dies schließlich gelingt, setzt er ein selbstzufriedenes Grinsen auf. »Sorge dich nicht meinetwegen, meine bildschöne, liebevolle Marissa«, raunt er,

als er mich in seine Arme hebt und rüber ins Schlafzimmer trägt.

Kapitel 14

James' Stimme reißt mich aus dem Schlaf.

»Dann sorgen Sie gefälligst dafür! Meine Frau hat genug durchgemacht und sie ist nicht in der Verfassung, irgendwelche Fragen zu beantworten.« Er klingt furchtbar wütend. Es herrscht einen Augenblick Stille. »Wie Sie meinen. Vor nächster Woche können Sie keinesfalls mit uns rechnen.« James' Tonfall ist harsch, regelrecht bestimmend. Irgendetwas scheint ihn mächtig zu ärgern. Als ich auf Zehenspitzen durch den Flur schleiche, sehe ich James am Fuße der Treppe stehen. Er hält sein Handy fest umklammert, seine Schultern hängen auffällig.

»Wer war das?« Beim Klang meiner Stimme zuckt er kurz zusammen, ehe er mich ansieht. Sofort bemüht er sich, einen sorglosen Gesichtsausdruck aufzusetzen.

»Detective Andrews. Es geht um deine Aussage, aber ich habe alles geregelt.« Beruhigend legt er seine Arme um meine Taille. »Noch eine Aussage?« Ich schlucke. »Mach dir keine Gedanken«, wiegelt er ab. Doch James' Gesicht nimmt einen eigenartigen Ausdruck an. »Was ist los?« Misstrauisch runzle ich die Stirn. James stöhnt resigniert auf. »Frühstück?«, fragt er knapp und wendet mir im Gehen ausweichend den Rücken zu. »James!« Mit schuldbewusster Miene wendet er sich mir wieder zu.

»Was ist los? Was wollte der Detective wirklich? Lüg mich nicht an!«, fordere ich mit vor der Brust verschränkten Armen. »Sie können Nathan nicht finden. Er scheint wie vom Erdboden verschluckt zu sein, jede Spur verläuft sich im Sand. Andrews zieht in Betracht, dass er uns möglicherweise bereits auf den Fersen ist.« Er verzieht das Gesicht. Als hätte mir jemand einen Hieb gegen den Brustkorb versetzt, schnappe ich nach Luft. »Nein, nein! Ich würde niemals zulassen, dass er auch nur in deine Nähe kommt!«, beteuert James beruhigend und presst mich an sich. Doch irgendwie beschwichtigen mich seine Worte diesmal nicht. »Du hast keine Ahnung, wie gestört dieser Mann ist, James«, schluchze ich. Während ich meine Arme enger um James' Taille schlinge, bemerke ich die Waffe in seinem Hosenbund. Entsetzt ziehe ich die Augenbrauen hoch und schüttle ungläubig den Kopf. »Das ist alles ein Albtraum!« Ich setze mich stillschweigend auf den harten Boden und lege meinen Kopf auf die angewinkelten Knie. »Ich möchte nach Hause, James. Ich möchte, dass das alles endlich ein Ende hat. Nachdem die ganze Sache mit Brian durchgestanden war, dachte ich wirklich, dass wir ein normales Leben führen können.« Betrübt wische ich mir eine Träne von der Wange. »Doch es ist genauso, wie ich es dir bei unserer ersten Begegnung prophezeit habe. Ich bringe nichts als Ärger.« Die Worte sprudeln nur so aus mir heraus. James hebt mein Kinn etwas an und sucht meinen Blick. »Fertig?« Ein schiefes Grinsen umspielt seine Mundwinkel. Ich nicke stumm und lehne meine Stirn an seine.

»Sieh mich an, Marissa!« Nathans braune Augen scheinen mich zu durchdringen. Bemüht, mir meine Angst nicht anmerken zu lassen, blicke ich vom Boden zu ihm auf. »Zieh dein Oberteil aus!«, fordert er. Vor Entsetzen schießen meine Augenbrauen in die Höhe. »Wieso?«, frage ich mit zitternder Stimme. »Ich möchte etwas ausprobieren«, raunt er geheimnisvoll, dann zückt er ein Messer. Der Anblick der spitzen Klinge flößt mir eine unbändige Angst ein, sofort überkommt mich ein Schauder. »Bitte Nathan, du musst das nicht tun.« Ich hebe abwehrend die Hände. Schwerfällig lässt er hörbar seinen Atem entweichen. »Sag es!«, fordert er. Einen kurzen Augenblick sehe ich ihn verwirrt an. »Sag es!«, fordert er erneut, doch diesmal eindringlicher. Dann fällt der Groschen.

»Ich kann nicht«, hauche ich kopfschüttelnd.

Mit einem herrischen Blick zieht er eine Augenbraue hoch und nickt mit ernster Miene zu mir rüber.

»Zieh es aus!« Wie erstarrt bleibe ich sitzen. »Ausziehen!«, brüllt er, sein Gesicht verweilt inzwischen bedrohlich nah an dem meinem. Mit zitternden Fingern befreie ich mich von meinem Shirt und verschränke die Arme vor meiner Brust, um so viel wie möglich von meinem Körper vor ihm zu verbergen. Plötzlich presst Nathan die Klinge auf meine Haut, knapp unter meinem Schlüsselbein.

»Ich möchte, dass du jetzt an James denkst. Ruf dir den blonden Bastard genau ins Gedächtnis und fang an, es zu *spüren*.« Panisch und verwirrt zugleich blicke ich mit weit aufgerissenen Augen auf die Klinge, die sich sekündlich immer tiefer in mein Fleisch bohrt. Ich versuche angestrengt meinen Atem unter Kontrolle zu bekommen, denn mit jedem Ausatmen presst sich die Klinge durch die kontinuierliche Hebung meines Brustkorbes fester in meine Haut. Prompt fängt der Schnitt an zu bluten. »Willst du es jetzt sagen?« Mit zusammengepressten Lippen schüttle ich den Kopf. Augenblicklich drückt Nathan die Klinge fester in meine Haut, so dass ich den Schmerz nicht mehr ignorieren kann. »Diese ganze Scheiße könntest du dir ersparen, wenn du endlich zugeben würdest, was längst offensichtlich ist«, zischt er. Dann packt er mir grob in die Haare und reißt so kräftig daran, dass ich gezwungen bin, meinen Kopf in den Nacken zu legen. Zu meinem Entsetzen presst er die Klinge nun gegen meinen Hals. »Sag. Es!« Obwohl jede Zelle meines Körpers starr vor Angst ist und meine Gedanken sich regelrecht überschlagen, werde ich mich nicht von ihm brechen lassen. *Er wird mich ohnehin umbringen.* Meine Augen füllen sich mit Tränen.

»Ich werde dich niemals lieben.« Wutentbrannt verpasst er mir einen weiteren Schnitt, der sofort heftig zu bluten anfängt. Vor Schmerz schreie ich kurz auf. »Ist er dir das wirklich wert, du elendes Miststück?« Seine Stimme schäumt vor Wut. Er packt mir grob ins

Gesicht und blickt mir eisig in die Augen. »Ich liebe James, das habe ich immer und daran wird sich niemals etwas ändern«, flüstere ich mit angehaltenem Atem. Zornig spuckt er mir ins Gesicht, ehe er mir einen heftigen Schlag mit der Faust verpasst.

Da ich nicht schlafen kann, habe ich mir ein Bad eingelassen. Die Lavendelessenz, die ich ins Wasser geschüttet habe, bildet einen wohlig duftenden Schaum um meinen Körper. Doch entgegen meiner Hoffnung kommen meine Gedanken einfach nicht zur Ruhe. Ich richte meinen Blick starr auf die Wandkacheln vor mir, die mit abstrakten, schwungvoll verzierten grauen Rosen dekoriert sind. Gedankenversunken lasse ich meinen Blick immer wieder über die Fliesen streifen, dabei entdecke ich einen kleinen Sprung in einer der Kacheln. Aus irgendeinem unerklärlichen Grund fühlt es sich tröstlich an, dass die auf den ersten Blick makellosen Fliesen einen versteckten Mangel aufweisen. Ein Fehler, den man nur unter aufmerksamster Betrachtung erkennt. Während ich meine Gedanken ins Leere schweifen lasse, bemerke ich erst, dass das Wasser über den Badewannenrand schwappt, als es zu spät ist. Mit einem dumpfen Plätschern tropft das Wasser haltlos auf den Boden. Ich mache mir gar nicht die Mühe aufzustehen, sondern versuche ungeschickt mit dem Fuß den Wasserhahn zu erreichen. Noch ehe mir dies gelingt, betritt James das Badezimmer. Wortlos stellt er das Wasser ab, bevor er am Badewannenrand Platz nimmt. Mit unergründbarer Faszination beobachte ich, wie sich ein kleiner Wasserfleck auf seiner Jeans bildet, der vom Stoff aufgesaugt und sekündlich größer wird. Als sich unsere Blicke treffen, schenkt er mir ein kleines Lächeln, doch er wirkt besorgt. »Kannst du nicht schlafen?«, raunt er heiser. Ich schüttle den Kopf. »Was beschäftigt dich so?« Er legt den Kopf ein wenig schief, während er mich fragend ansieht. »Mich lässt der Gedanke nicht los, ob es nicht besser wäre, wenn wir uns eine Zeit lang trennen würden«, flüstere ich, den Blick auf meine ineinander verschränkten Finger gerichtet. Er bleibt so lange still, bis ich ihn wieder ansehe. Sein Blick wirkt ausdruckslos. »Uns trennen?«, wiederholt er langsam, so als ob er diese Worte noch nie gehört hätte. »Wie um Himmels Willen kommst du auf so einen abwegigen Gedanken?«

Er sieht mich an, als wäre ich von allen guten Geistern verlassen. »Wenn Nathan herausfindet, dass wir nicht mehr zusammen sind, dann hat er keinen Grund mehr, dir etwas anzutun«, erkläre ich müde. Dieser Gedanke ist die einzig logische Schlussfolgerung, die seit Tagen in meinem Kopf herumgeistert. Als James begreift, dass es mir mit dieser Überlegung ernst ist, steigt er vollständig bekleidet zu mir in die Wanne. Unter seinem Gewicht läuft eine weitere Woge des Wassers ungehindert über den Badewannenrand. Er zieht mich zu sich und legt seine Hände um mein Gesicht, so dass ich gezwungen bin, ihm direkt in die Augen zu sehen. »Wie kannst du so etwas nur sagen? Wir beide gehören zusammen, egal was kommt! Nur an diesem Gedanken halte ich mich fest, nur so gelingt es mir zu verarbeiten, was in den letzten Wochen passiert ist«, raunt er inbrünstig. Ich versuche, mich seinen Händen zu entziehen, doch er lässt mich nicht los. »Sieh mir in die Augen und sag mir, dass nur ich so empfinde!«, fordert er mich auf. Resigniert lasse ich meinen Atem entweichen. »Das hat rein gar nichts mit meinen Gefühlen zu dir zu tun. Mach dich nicht lächerlich«, antworte ich bissig. »Womit dann?«, fragt er aufgebracht. *Versteht er es wirklich nicht?* Abermals versuche ich, mich aus seinem Griff zu befreien, doch James lässt nicht locker. »Lass mich los!«, fordere ich schließlich. »Einen Teufel werde ich tun«, zischt er. Allmählich spüre ich Wut in mir hochkochen, die sich, wie so oft in letzter Zeit, durch meine Tränen ein Ventil sucht. »Lass mich los!«, fordere ich erneut und versuche das Zittern in meiner Stimme zu verbergen. Als James bemerkt, dass mir Tränen die Wange herunterlaufen, lässt er augenblicklich von mir ab. Wortlos steige ich aus der Badewanne, schlüpfe in meinen Bademantel und gehe schnurstracks ins Schlafzimmer. James folgt mir mit großen Schritten und baut sich wenige Sekunden später vor mir auf. Seine Kleidung ist klatschnass von unserem nächtlichen Bad und hinterlässt kleine Wasserpfützen auf dem Marmorfußboden. »Sag mir, was plötzlich mit dir los ist, Marissa!«, verlangt er ärgerlich. »Geh raus, ich will mich anziehen!« Ich wende mich von ihm ab und krame in der kleinen Schublade neben mir nach meinen Sachen. »Oh, sind wir uns auf einmal fremd? Ich bin James, nebenbei bemerkt«, entgegnet er spitz. Als ich mich ihm wieder zuwende, sieht er plötzlich unheimlich verletzlich aus. Doch je eindringlicher ich ihn betrachte, desto mehr erkenne ich einen liebevollen Ausdruck in seinen Augen, der sich eigentlich immer bildet, wenn er mich ansieht. Das treibt meine Wut auf die Spitze. »Schön, wie du willst«, fahre ich ihn an und rausche zum Lichtschalter, um die Deckenbeleuchtung einzuschalten. Blind vor Zorn öffne ich meinen Bademantel und schmeiße ihm diesen aufgebracht vor die Füße. James steht mit schreckgeweiteten Augen vor mir, völlig regungslos. Als ich meinen Blick an meinem nackten Körper herab wandern lasse, spüre ich Galle hochkommen. Die Narben der Schnittverletzungen und einige Hämatome sind noch deutlich erkennbar. »Hier, das wolltest du doch! Sieh es dir ruhig an!«, schreie ich ihn an. Er tritt kaum merklich einen Schritt zurück, scheint völlig überfordert von meinem Wutausbruch zu sein. Als mir erneut Tränen der Verzweiflung die Wange herunterlaufen, scheint er sich aus seiner Schockstarre zu befreien. Er kommt auf mich zu, woraufhin ich kopfschüttelnd einige Schritte zurück weiche, doch James lässt sich nicht aufhalten. Er packt mich sanft bei den Schultern und zieht mich in seine

144

Arme. Wie ein Fisch, der auf dem Trockenen um Luft ringt, zapple ich in seinen Armen und versuche mich aus seiner Umarmung herauszuwinden. Doch je mehr ich mich wehre, desto fester hält er mich in seinem Griff. »Lass mich los, verdammt nochmal! James!«, schluchze ich, wobei man meine Worte kaum versteht, da mein Gesicht so dicht an sein nasses Hemd gepresst wird. Während ich mich mit aller Kraft bemühe, mich aus seiner Umarmung zu befreien, spüre ich, wie er seine Nase in mein Haar vergräbt und eine Hand tröstend an meinen Hinterkopf schmiegt. Schließlich gebe ich mich geschlagen, ich habe keine Kraft mehr. Als James merkt, dass ich mich schluchzend an ihm festklammere, löst er seinen eisernen Griff. Er nimmt mein Gesicht in seine Hände und sieht mich mitfühlend an. »Wie kannst du mich nur lieben?«, flüstere ich. »Sieh mich nur an.« Beschämt sehe ich ihm in die Augen. »Marissa«, haucht er. »Wirst du es nie verstehen? Meine Liebe zu dir ist unerschütterlich!«, raunt er mit so einer Leidenschaft, dass ich keinen Zweifel am Wahrheitsgehalt seiner Worte habe. »Ich wache morgens auf und stelle jeden Tag aufs Neue fest, dass ich dich noch mehr liebe, als am Tag davor. Diese Narben werden heilen.« Er streicht kaum merklich mit dem Zeigefinger an meinen Rippen entlang. »Und diese auch«, verspricht er, als er mir seine Hand aufs Herz legt. Zärtlich wischt er mit seinem Daumen eine Träne von meinem Mundwinkel. Da ich nichts zu erwidern weiß, hauche ich ihm einen flüchtigen Kuss auf den Mund. Erschöpft lehne ich meinen Kopf an seine Schulter. So verweilen wir eine gefühlte Ewigkeit. Nach einer Weile, ich weiß nicht, wie viel Zeit vergangen ist, hebt James mich schließlich in seine Arme und setzt mich vorsichtig aufs Bett. Dann entledigt er sich seiner nassen Kleidung, zieht sich etwas Trockenes über und reicht mir eines seiner T-Shirts. Jede Faser meines Körpers fühlt sich wie Blei an, ich fühle mich nicht in der Lage, mich eigenständig anzuziehen. Mit letzter Kraft hebe ich meine Arme nach oben, woraufhin James mir wie selbstverständlich das Shirt überzieht. Dann schaltet er das Licht aus, kommt zu mir ins Bett und zieht mich behutsam in seine Arme. »Nathan mag deinem Körper Narben verpasst haben, aber ich will verdammt sein, wenn er dies auch mit deiner Seele geschafft hat«, flüstert James in die Dunkelheit. Seine Stimme ist schmerzerfüllt. »Du bist der Einzige, der meine Seele je berührt hat«, versichere ich mit gesenkter Stimme und vergrabe meine Nase in seinem Shirt. Sanft presst er mir einen Kuss aufs Haar.

Kapitel 15

Die letzten drei Tage haben James und ich unsere Ruhe und Zerstreuung in vollen Zügen ausgekostet. Die Spaziergänge entlang des riesigen Feldweges, der sich ein paar hundert Meter hinter unserem Haus befindet, habe ich besonders genossen, da die selbst erwählte Einsamkeit mir ein Gefühl der Sicherheit und Klarheit verschafft. Natürlich ist es in und um dem Haus herum ebenfalls ruhig, dennoch hört man ab und an die Motoren der Autos oder dumpfe Stimmen von der Einkaufspassage herüberwehen. Wie jeden Tag, seitdem wir hier sind, liege ich kurz vor der Dämmerung auf der Wiese vor dem Haus, spüre unter meinen nackten Füßen das angenehme Kitzeln der Grashalme, während ich gedankenlos in den Himmel starre. Es ist mir schier zuwider, mir in Erinnerung zu rufen, welche Probleme fern von diesem Ort auf uns warten. Mit stiller Faszination betrachte ich den wolkenverzierten Himmel. Als Ava und ich noch Kinder waren, haben wir manchmal stundenlang in ihrem kleinen Garten gelegen und uns die Wolken angeschaut. Wenn eine von uns eine Wolke entdeckte, die eine ungewöhnliche Form, beispielsweise die eines Tieres hatte, sollte es uns auf magische Weise Glück bringen. Bei dieser Erinnerung muss ich unwillkürlich schmunzeln. »Darf ich mich zu dir setzen?« James' unbekümmerte Stimme dringt an mein Ohr. Als ich hinter mich blicke, halte ich mir die Hand als Schattenspender vor die Stirn, da die letzten Sonnenstrahlen des Tages mir eine ungehinderte Sicht auf meinen Mann verwehren. »Natürlich!« Ich lächle ihn an und setze mich auf. Dabei verrutscht mir mein Kleid ein wenig, was James einen ungehinderten Blick auf meine nackten Schenkel gewährt. Er grinst anzüglich und setzt sich zu mir. Zärtlich lässt er seine Fingerspitzen über mein Knie streichen, bis rauf zu dem Saum meines Kleides. Ich greife nach seiner Hand und presse ihm ein sanften Kuss in die Innenfläche seiner Hand.

»Was hast du da?« Mein Blick fällt auf ein kleines schwarzes Schächtelchen, das James in der anderen Hand hält. Er grinst schief, öffnet wortlos die Schatulle und zückt eine filigrane Silberkette hervor. An ihr befindet sich ein winziger Anhänger, der einen runden, rosa

Stein im Inneren beherbergt. Ich lasse meine Finger schwermütig mein Schlüsselbein entlangfahren. Sofort drängt sich mir die schmerzliche Erinnerung ins Gedächtnis, wie Nathan mir die Kette, die James mir damals geschenkt hat, brutal entwendet hat. »Ich möchte, dass du weiterhin etwas hast, woran du dich festhalten kannst. Etwas, das greifbar ist und dich daran erinnert, wie stark du bist. Etwas, das dich jede Sekunde daran erinnern soll, wie sehr ich dich liebe.« Tief berührt von seinen Worten und dieser Geste fixiere ich seinen Blick. Seine aufrichtigen blauen Augen sehen mich einfühlsam an. »Die ist wunderschön«, hauche ich und lege mein Haar zur Seite, damit James die Kette um meinen Hals legen kann. »Ich danke dir«, flüstere ich gerührt und greife nach dem Stein an meiner Kette. Er bleibt hinter mir sitzen, streicht mein Haar zurecht und umschlingt meine Taille. Mit einem leisen Seufzer stützt er sein Kinn auf meinem Scheitel, während er seinen Daumen gemächlich an meinem Handgelenk entlangstreicht. »Ich habe noch eine Kleinigkeit für dich«, raunt er. Ich lehne mich an ihn und neige meinen Kopf ein klein wenig zur Seite, damit ich ihm in die Augen sehen kann. »Noch eine?«, grinse ich überrascht. Er nickt. »Wenn wir wieder nach Hause kommen, erwartet dich dort ein neues Auto.« Ich schnappe nach Luft. »Ich weiß, dass du dich in deinem Auto unterwegs am sichersten gefühlt hast und alles, was ich möchte, ist, dass du dich sicher fühlst«, fügt er langsam hinzu. Sofort verdränge ich den Gedanken daran, auf welche Art und Weise mir mein Auto abhanden gekommen ist. »James, das ist zu viel. Das können wir uns nicht leisten.« Ich schüttle den Kopf. »Es ist nur ein kleiner Gebrauchtwagen. Kein Grund, sich Sorgen zu machen«, beschwichtigt er mich. Da ich den schönen Moment nicht verderben möchte und James den Wagen scheinbar ohnehin schon gekauft hat, bedanke ich mich stillschweigend, indem ich ihm einen sanften Kuss auf die stopplige Wange presse.

Kapitel 16

Nachdem James und ich noch einige ruhige Tage in Jacksons Ferienhaus verbracht haben, überkommt mich ein mulmiges Gefühl, als wir unser Haus betreten. Ohne Faye und Hope ist es hier furchtbar still, beinahe unerträglich. »Was geht dir durch den Kopf?« James sieht mich fragend an, während er unsere Taschen achtlos auf dem Flurboden abstellt. »Ich vermisse unser altes Leben«, stelle ich wehmütig fest, den Blick fest auf die Jacken der Zwillinge an der Garderobe geheftet. James tritt hinter mich, umschlingt meine Taille und haucht mir einen flüchtigen Kuss auf den Scheitel. »Ich auch«, flüstert er. Obwohl ich James' Nähe deutlich spüre und am sichersten Ort der Welt, in seinen Armen bin, übermannt mich ein unglaubliches Gefühl der Leere. Ich wende mich James zu und zeichne mit den Fingern die Konturen seines Gesichts nach, meine Augen halte ich dabei geschlossen. Dann presse ich meine Lippen auf seine. Zögernd erwidert er meinen Kuss. Als er mit seinem Daumen meine Wange berührt, lässt er von mir ab. »Was ist los? Du weinst ja...« , stellt er besorgt fest. »Ist mir egal«, nuschle ich und beginne erneut, ihn zu küssen. Das beklemmende Gefühl, etwas anderes als diese Leere zu spüren, zerfrisst mich regelrecht. Doch James schiebt mich behutsam beiseite. »Marissa, sieh mich an!«, fordert er. Ich schüttle den Kopf und wende mich von ihm ab. Ich setze mich auf die zweite Stufe des Treppenabsatzes und lehne meine Stirn gegen die Gitter des Geländers. James setzt sich schweigsam neben mich. Eine ganze Weile ruht seine Hand auf meinem Bein, während er mit seinem Daumen tröstend an meinem Knie auf und ab streicht. »Ich will meine Kinder wieder um mich haben«, flüstere ich schließlich. Da James nichts entgegnet, blicke ich niedergeschlagen zu ihm auf. Die Traurigkeit, die seine Augen dominiert, ist unverkennbar. Resigniert lehne ich meinen Kopf an seine Schulter. »Ich werde gleich zum Revier fahren, um mit Detective Andrews eine Strategie auszuarbeiten. Es kann nicht die verdammte Lösung sein, dass wir unser gesamtes Leben auf den Kopf stellen und uns verstecken müssen.« Entschieden geht er zur Kommode, greift sich seine Motorradschlüssel und wendet sich mir wieder zu, während seine Hand am Türgriff verweilt. »Verriegel die Tür, schalte die Alarmanlage an und halte dich von den Fenstern fern!«, weist er mich an. »Ich bin so schnell wie möglich wieder hier«, verspricht er. »James, warte!« Mit gerunzelter Stirn sieht er mich an. »Ich möchte mitkommen.« Energisch schüttelt er den Kopf, dabei legt er die Stirn noch tiefer in Falten. »Du weißt, dass der Detective noch eine Aussage von dir erwartet.« Fragend sehe ich ihn an. »Du bist nicht in der Verfassung, all das noch einmal zu durchleben«, sagt er zögerlich. Obwohl mich seine Feststellung aus undefinierbaren Gründen trifft, muss ich mir eingestehen, dass er damit Recht hat. »Es tut mir leid«, raunt er kleinlaut, während er auf mich zukommt und seine Arme um mich schließt. »Nein, schon gut«, beruhige ich ihn. »Ich will jetzt nicht allein sein. Kannst du später zum Revier fahren?« Ich sehe ihn bittend an. Prompt legt er die Schlüssel beiseite. »Natürlich«, haucht er verständnisvoll.

Nachdem ich gedankenversunken unsere Schmutzwäsche in die Waschmaschine gepackt habe, durchstöbere ich gelangweilt die Post. Das Erste, das mir ins Auge fällt, ist ein großer, brauner Umschlag, der auffällig zwischen einigen anderen Briefen herausragt. Der Umschlag ist an mich adressiert. Instinktiv überkommt mich ein ungutes Gefühl. »Was hast du da?« James sieht mich fragend an. Da ich unfähig bin, irgendetwas zu sagen, nimmt James mir den Umschlag aus den Händen, öffnet ihn und holt eine CD heraus. Jetzt scheint auch sein Misstrauen geweckt zu sein. Ohne zu zögern legt er die Disc in den Laptop und stellt ihn vor mir auf der kleinen Kommode ab. Nach wenigen Sekunden erscheint mein Gesicht auf dem Bildschirm. Ich sitze spärlich bekleidet in Nathans Keller, mein Gesicht und meine Arme sind von unzähligen kleinen Wunden und Hämatomen übersät.

Verunsichert schaue ich mit schreckgeweiteten Augen in die Kamera. »Mein Name ist Marissa Evans und ich möchte ein Geständnis ablegen. Mein Ehemann, James Evans, hat meinen Exmann, Brian Cooper, bestialisch ermordet. Ich wurde Zeugin dieser grauenvollen Tat. Aus Angst vor meinem Ehemann bin ich nun gezwungen unterzutauchen, bis er endlich für seine Taten zur Rechenschaft gezogen wird. Ich weiß nicht, wo James die

Leiche meines Exmannes versteckt hat, aber er ist der Einzige, der dies mit Gewissheit beantworten kann.« Meine Stimme bricht und mein Blick huscht für einen Moment zu Nathan hinter der Kamera. Sofort schießen mir die Erinnerungen an jenen Tag ins Gedächtnis, mit welcher Grausamkeit Nathan mich unter Druck gesetzt hat und wie ich nach dieser Aufnahme tagelang völlig apathisch im Keller hockte. Gezwungenermaßen setze ich mein Lügengeständnis fort. »Hiermit erbitte ich mir Schutz und hoffe inständig, dass weder mir oder meinen Töchtern aufgrund von James' Rachefantasien etwas zustößt.« Nun erklingt ein Rauschen und das Bild wird schwarz, das Video ist zu ende.

Mit stockendem Atem sehe ich zu James, der mit geballten Fäusten und verhärteten Gesichtszügen auf den Bildschirm starrt. Der Herzschlag, der bis in meine Lunge widerhallt, erschwert mir jeden einzelnen Atemzug. Da sich allmählich weiße Punkte wie Lichtblitze vor meinen Augen bilden, taumle ich vorsichtshalber rüber zur Couch und lasse meinen Kopf achtlos gegen die Lehne fallen. Im selben Augenblick erscheint James an meiner Seite.

»Das ist nicht deine Schuld«, flüstert er. Ich schnaube zynisch aus. »Natürlich ist es nicht meine Schuld. Nie ist irgendetwas meine Schuld. Verstehst du nicht, was Nathan uns mit diesem Video antun könnte? Was er *dir* antun könnte? Ich verfluche den Tag, an dem wir uns begegnet sind.« Ich kämpfe mit den Tränen, während James einen Gesichtsausdruck aufsetzt, als hätte ich ihm eine schallende Ohrfeige verpasst. Er holt scharf Luft und wirkt plötzlich unheimlich erschöpft. Sofort bereue ich meinen Ausbruch, doch ich muss mir eingestehen, dass meine Worte wahr sind. Ich liebe diesen Mann viel zu sehr, als dass ich es auch nur noch eine Sekunde länger erdulden könnte, wie sehr ich sein Leben in einen Albtraum verwandle. Er greift nach meiner Hand, die ich ihm instinktiv zu entziehen versuche. Doch je mehr ich mich wehre, umso fester wird sein Griff. Mit ernster Miene sieht er mir in die Augen, doch ich kann seinem eindringlichem Blick nicht standhalten. »Als ich dir begegnet bin, wusste ich, dass das mit uns aufgrund deiner Vergangenheit nie leicht werden würde. Ich wusste es! Und es war mir schlichtweg egal.« Er hebt mein Kinn etwas an und sucht meinen Blick. Zögerlich sehe ich in seine aufrichtigen, blauen Augen. »Ich habe dich mit all deinen Problemen geheiratet, mit denen, die ich kannte, und mit denen, die ich im Laufe der Zeit kennenlernte. Ich würde an dieser Entscheidung niemals etwas ändern. Weißt du denn wirklich bis heute nicht, wie viel du mir bedeutest?« Die Furchen in seiner Stirn vertiefen sich mit jedem seiner Worte. »Ich will so einen Satz nie wieder von dir hören, Marissa. Die Vorstellung, dass ich ein Leben ohne dich verbringen müsste, ist schier unerträglich.« Beim letzten Satz bricht seine raue Stimme kaum merklich. Intuitiv lasse ich mich vor ihm auf den Boden sacken und umschlinge sein Gesicht mit meinen Händen. Die Aufrichtigkeit seiner Worte verjagen meine Zweifel augenblicklich. Ich streiche mit meine Daumen über seine stoppelige Wange. »Es tut mir leid«, flüstere ich und lehne meine Stirn entschuldigend an seine.

Seit zwei Stunden denke ich fieberhaft nach, was wir wegen des Videos unternehmen sollen. Wie unter Strom gesetzt hetze ich vom Wohnzimmer in die Küche, von der Küche wieder zurück ins Wohnzimmer. James ist der festen Überzeugung, dass uns dieses offensichtlich erzwungene Geständnis nichts anhaben kann und scheint meiner Sorge keine große Beachtung zu schenken. Offiziell gilt Brian als untergetaucht, doch ich will um keinen Preis riskieren, dass sich daran etwas ändert. James' Plan, das Video Detective Andrews auszuhändigen, stößt bei mir sowohl auf taube Ohren als auch auf Unverständnis. Nathan ist zweifelsohne ein skrupelloser Psychopath, aber zu meinem Missfallen muss ich gestehen, dass er niemals unbedarft handelte. Aus diesem Grund kann ich mir nicht vorstellen, dass er mir die Disc als eine Art Vorwarnung schickte, um uns darüber aufzuklären, dass er diese zur Polizei bringt. Was hat er wirklich vor? Ich bin mir sicher, dass noch mehr als das Offensichtliche dahintersteckt. Während sich meine Gedanken die schlimmsten Szenarien ausmalen, wird meine Verzweiflung durch ein intensiveres Gefühl ersetzt: Wut! *Wut ist gut, Wut ist nützlich!* Plötzlich kommt mir ein Geistesblitz. Nathan tat bisher nie etwas ohne Hintergedanken. Vielleicht wäre es am Sinnvollsten herauszufinden, was er wirklich bezwecken will. Argwöhnisch husche ich zu dem braunen Umschlag herüber, stecke intuitiv meine Hand in die schmale

Öffnung und ertaste ein kleines, raues Stück Papier, das ungeschickt am Inneren des Umschlages haftet. Bevor ich mir den Zettel genauer ansehe, werfe ich einen prüfenden Blick in die Küche zu James, der gerade Tee für uns zubereitet, um mich zu versichern, dass ich den Brief allein lesen kann. Mit zittrigen Fingern überfliege ich die Nachricht.

Ich erwarte Dich heute, eine Stunde vor Mitternacht, am großen See hinter der Kapelle. Es ist Deine letzte Chance! Gibst Du diese Information an irgendjemanden weiter, werde ich erst Deine Töchter, danach James filetieren! Es ist mein Ernst, Marissa. Du solltest mich besser kein zweites Mal unterschätzen!

Ich muss heftig schlucken. Voller Ekel haftet mein Blick an Nathans grausame Worte. Da ich am gesamten Körper wie Espenlaub zittere, habe ich Mühe, das Papier zusammenzuknüllen. Beidhändig gelingt es mir schließlich. Die Botschaft ist eindeutig. Faye und Hope sind bei Jackson vorerst in Sicherheit, dennoch muss ich um jeden Preis sicherstellen, dass die beiden zukünftig nicht als Vollwaisen aufwachsen. Bin ich bereit, mit der vollkommenen Gewissheit jeglicher Konsequenzen, meine Opferbereitschaft noch einmal einzusetzen? Mein Verstand springt von Gedanke zu Gedanke, wie ein Stein, der hastig über die Wasseroberfläche hüpft. Mich ereilt eine schmerzliche Klarheit. Auf einmal wird mir bewusst, dass es aus dieser Abwärtsspirale zunehmender Hoffnungslosigkeit kein Entkommen gibt. Denn egal, wie ich mich entscheide, irgendjemand wird den Preis dafür zahlen. Ich zerreiße den Zettel in winzig kleine Stücke, husche hoch ins Bad und spüle das Papier die Toilette herunter. Als ich beobachte, wie die kleinen Papierfetzen im Abfluss verschwinden, zwinge ich mich zu einem tiefen Atemzug. Mir ist schwindlig. Haltsuchend stütze ich mich am Waschbeckenrand ab. Aus meiner Kehle dringt ein stummer Schrei. Obwohl ich mit mir ringe, ist mein Entschluss gefallen. Es gibt keinen anderen Ausweg, keine akzeptable Alternative. Ich werde mich Nathan erneut ausliefern, im vollem Bewusstsein, dass er mich diesmal töten wird. Tränen der Verzweiflung laufen meine Wange herunter. Vor meinem geistigen Auge erscheinen blitzschnell Bilder meiner bisherigen Tortur: Nathan, wie er mich schlug, mir ins Gesicht spuckte, mich meiner Kleidung entledigte, mir tiefe Schnitte in mein Fleisch verpasste und James und meine Kinder bedrohte... Nathan, der Mann, der mich manchmal stundenlang mit seinen toten Augen anstarrte oder mich unsittlich berührte, während ich vorgab zu schlafen. *Nathan...* Keuchend beuge ich mich über die Toilette und erbreche mich geräuschvoll. Da erscheint James im Türrahmen.

»Was ist los?« Besorgt reicht er mir ein durchnässtes Gästehandtuch und legt es mir in den Nacken. »Ich habe wohl etwas falsches gegessen«, lüge ich und vermeide es, seinem eindringlichen Blick zu begegnen. Sofort als sich meine Übelkeit gelegt hat, putze ich mir hastig die Zähne und hoffe inständig, dass James nicht weiter nachhakt. Die Situation verlangt mir ohnehin schon meine gesamte Kraft ab. Ich habe keine Reserven mehr, um mir ein kompliziertes Lügennetz zu spinnen. »Sieh mich an!«, fordert James, als ich das Bad verlassen will. Zögernd hebe ich meinen Blick und bete innerlich, dass er mir nichts anmerkt. »Was ist los?«, fragt er erneut. »Nichts«, wiegle ich ab und versuche, an ihm vorbeizukommen. Doch James versperrt mir den Weg. »Marissa, ich kenne diesen Blick. Was ist passiert?« Skeptisch tritt er einen Schritt zurück, um mich noch genauer ansehen zu können. »Gar nichts ist passiert«, flüstere ich mit gesenktem Blick. *Bitte James, bitte lass es einfach gut sein!* Ohne ein weiteres Wort zu sagen verschwindet James ins Schlafzimmer und lässt mich ratlos im Flur zurück. Plötzlich ertönt ein lauter Knall und durchbricht die bis eben anhaltende Stille. Irgendetwas ist definitiv zu Bruch gegangen! Erschrocken eile ich ins Schlafzimmer, wo James gerade eifrig dabei ist, Lampen, Bücher, Bilderrahmen und Dekorationen von der Kommode und den Nachttischen zu fegen.

»Wieso machst du das?«, rufe ich entsetzt aus. Mit angespanntem Kiefer kommt er auf mich zu und packt mich grob bei den Oberarmen. »Nein! Wieso machst *du* das?«, schreit er mich an. Völlig perplex starre ich ihn an. Im Bruchteil einer Sekunde schwindet der Zorn aus seinen Augen und weicht etwas anderem. Ich kann seinen untypischen Gefühlsausbruch nicht einschätzen, bis er auf die Knie sackt und einmal laut zu Schluchzen anfängt. »Du verlässt mich, nicht wahr? Und diesmal für immer!« Seine Stimme ist kaum lauter als ein Flüstern. Ich hocke mich zu ihm. »Ich würde dich niemals verlassen!«, antworte ich aufrichtig. Sein Mund verzieht sich zu einem schiefen Grinsen, doch in seinen Augen erkenne ich eine tiefe Traurigkeit. »Geh nicht, Marissa. Tu mir das kein weiteres Mal an!« Mit einem wissenden Blick sieht er mir bittend in die Augen. »Ich weiß nicht, was du meinst«, entgegne ich irritiert. »Du weißt es...« James' unglaubliche Gabe, tief in mein Innerstes zu blicken, tritt zum Vorschein.

»James, ich...« Mitten im Satz legt er seine Arme um mich. »Ich weiß...«, flüstert er. Nach einem kurzen Augenblick der Stille umschließt er mein Gesicht mit seinen Händen und fixiert mich mit seinem eindringlichen Blick. »Jetzt verrate mir, was du weißt!«, fordert er sanft, aber bestimmend. Ganz gleich, wie sehr ich es ihm sagen möchte, meine innere Stimme hindert mich entschieden. Ich bin nicht bereit zu riskieren, dass ihm irgendetwas zustößt. Daher beschließe ich, an meiner Lüge festzuhalten, obwohl mein Herz bei seinem Anblick in tausend Stücke zerbricht. *Es gibt Lügen, die dazu gemacht sind, um Menschen wehzutun, und es gibt Lügen, die Menschen beschützen.* Diese Worte sage ich mir in Gedanken immer wieder, um meine Standhaftigkeit nicht zu verlieren.

»Ich weiß gar nichts«, erkläre ich müde. Obwohl diese Antwort im Bezug auf seine Frage gelogen ist, beinhaltet sie dennoch die Wahrheit. *Ich weiß allmählich wirklich nicht mehr, was ich denken soll.* James zieht eine Augenbraue hoch, seine Enttäuschung über meine Antwort ist ihm deutlich anzusehen. »Ich vertraue dir, Marissa, bedingungslos. Ich möchte nur eine Sache von dir wissen und ich bitte dich, so aufrichtig zu sein, wie du nur kannst.« Ich habe das Gefühl, mein Magen dreht sich einmal um die eigene Achse, denn ich hasse nichts mehr, als James zu belügen. Ich nicke zaghaft. »Was empfindest du für mich, heute, hier und jetzt?« Mit dieser Frage habe ich nicht gerechnet, überrascht schießen meine Augenbrauen in die Höhe. D*as ist einfach zu beantworten.* Mit höchster Aufmerksamkeit betrachte ich sein Gesicht. Seine blauen Augen sehen mich erwartungsvoll an, die vollen Lippen hat er einen kleinen Spalt geöffnet. Ich schließe die Augen, vergrabe meine Finger in seinen Haaren und streife mit meiner Nasenspitze kurz über seine, um seinen beruhigenden Duft einzuatmen. Als ich meine Lider wieder öffne, sehe ich ihm fest in die Augen.

»Ich liebe dich, James. Ich liebe dich so sehr, dass ich mir keine Welt ohne dich vorstellen kann. Ich kann es nicht... Du bist ein wundervoller Dad für unsere beiden Mädchen. Ein Vorbild, zu dem sie aufblicken können.« Ich mache eine kurze Pause, um nach den richtigen Worten zu suchen. »Du bist meine Welt, mein Zuhause und mehr, als ich mir je hätte erträumen können. Du hast mich gerettet, so viele Male und das werde ich nie vergessen. Du bist mein Held, James.« Er streicht mir sanft eine Strähne hinters Ohr, bevor er mein Gesicht mit federleichten Küssen bedeckt. »Du *kannst* mich nicht verlassen, Marissa. Du hast in den letzten Jahren so viel Stärke bewiesen. Kämpfe nicht mehr *für* mich, kämpfe *mit* mir!« Während ich James' aufrichtigen Blick studiere, nicke ich ihm einverstanden zu. »Was weißt du?«, versucht er es erneut. Ohne noch eine Sekunde länger darüber nachzudenken, antworte ich ihm. »Unten im Umschlag lag ein Zettel von Nathan. Er hat dich und unsere Töchter bedroht. Er will sich heute Abend mit mir treffen. Ich habe keine Wahl, James.« Sein Kiefer spannt sich sichtlich an, während er geistesabwesend nickt. »Ich regle das«, entscheidet er bestimmend. Sofort verlässt er den Raum, erscheint aber wenige Augenblicke später mit seiner Waffe wieder im Schlafzimmer.

»James!«, mahne ich ihn. Seine Augen verraten mir, dass ich mich zurücknehmen soll.

»Ich dachte, es gibt keine Alleingänge mehr. Das muss dann auch für dich gelten.« Ich erkenne deutlich, dass er mit sich hadert. »Um wie viel Uhr sollst du dich mit ihm treffen?« Bei dieser Frage verzieht er das Gesicht so, als hätte er in eine Zitrone gebissen.

»Eine Stunde vor Mitternacht«, antworte ich atemlos. Er nickt. »Dann werden wir einige Entscheidungen treffen müssen«, stellt er klar. »Es ist noch Zeit. James, bitte komm zu mir!«, fordere ich ihn auf. Augenblicklich hält er mitten in der Bewegung inne und setzt sich zu mir auf den Boden. Alles in mir fühlt sich nach Abschied an, denn in mir keimt das unweigerliche Gefühl auf, dass heute Nacht noch etwas Schlimmes passieren wird. Doch mir widerstrebt es, mich in diesem Augenblick damit auseinanderzusetzen. James schaut mich erwartungsvoll und liebevoll zugleich an. Zaghaft presse ich meine Lippen auf seine, während meine Hände zielstrebig die Knöpfe seines Hemdes öffnen. Er weicht kurz zurück, bedenkt mich mit einem leidenschaftlichen Blick und befreit mich von meinem Shirt. Als seine Lippen begierig meinen Mund finden, existiert kein Nathan mehr in meinen Gedanken. Es existiert keine Angst, keine Sorge, keine Verzweiflung und keine Hoffnungslosigkeit. Alles, woran ich denken kann, ist an James' Nähe, die ich gerade noch mehr brauche, als die Luft zum Atmen.

Kapitel 17

James liegt regungslos neben mir. Mit einem Arm bedeckt er seine Augen, den anderen hat er locker um mich geschlungen. Vorsichtig winde ich mich aus seiner Umarmung und gehe ins Bad, um mich anzuziehen. Entgegen meines Wortes habe ich beschlossen, einen finalen Alleingang zu starten. Ich weiß, dass James mir eines Tages verzeihen wird und ich hoffe inständig, dass er weiß, *wieso* mir keine andere Wahl bleibt. Nichts liegt mir ferner, als mein Wort ihm gegenüber zu brechen, doch ich komme nicht gegen das Gefühl an, ihn und meine Töchter zu beschützen. Ich habe nur die Wahl zwischen Pest und Cholera, es gibt keinen akzeptablen Mittelweg. Nervös werfe ich einen Blick auf meine Armbanduhr: in einer halben Stunde erwartet mich Nathan. Ich muss mich beeilen. Gerade als ich mich aus dem Bad schleichen will, steht James mit verschränkten Armen im Türrahmen. Er ist vollständig bekleidet und wirkt sichtlich bemüht, seinen vorwurfsvollen Gesichtsausdruck zu verbergen. »Hast du Pläne, von denen ich nichts weiß?«, fragt er leicht säuerlich. Ich hebe abwehrend die Hände. »James«, hauche ich.

»Ich dachte, wir haben vorhin etwas vereinbart.« An seinem Unterton kann ich heraushören, dass er gekränkt ist. *Wieso begreift er nicht, dass ich ihn nur beschützen will?* »James, versuch mich bitte zu verstehen! Dieser Mann führt einen Krieg gegen mich und er wird nicht aufgeben, bis er bekommen hat, was er will! Ich will dich nicht in meiner Nähe haben, James. Es ist mein Ernst, verschwinde!«

»Wieso sollte ich das tun?«

Verzweifelt umschlinge ich sein makelloses, markantes Gesicht und fahre mit meinem Daumen vorsichtig seine stoppelige Wange entlang. Mit geschlossenen Augen hauche ich ihm einen Kuss aufs Kinn, ehe ich ihm antworte. »Weil er nicht aufhören wird, bis er mich für sich hat. Und als erstes wird er dich beseitigen müssen. Daher sollten wir im Moment nicht zusammen sein.« Meine Verzweiflung lässt meine Stimme erbeben. Unbeeindruckt von meinen Worten verzieht er seinen Mund zu einem überheblichen Grinsen, sein Blick ist weich.

»Wo du bist, da bin auch ich. Ich schwöre dir, ich werde dich beschützen, mit allem was ich habe.« Seine Aufrichtigkeit erwärmt jede Zelle meines Körpers.

»Vertraust du mir, Marissa?« James blickt mir eindringlich in die Augen. Meine Finger krallen sich in den dünnen Stoff seines Hemdes. Meiner panischen Angst zum Trotz sehe ich ihm leidenschaftlich in die Augen. »Mit meinem Leben«, hauche ich. Er grinst schief, ehe er mich hingebungsvoll küsst.

Einige Minuten zu früh stehe ich am vereinbarten Treffpunkt. Im Sekundentakt schaue ich immer wieder auf meine Armbanduhr. In ungefähr fünf Minuten wird Nathan auftauchen. Zitternd schlinge ich mir meinen Mantel enger um den Leib. Die kühle Brise, die vom Wasser herüberweht, fährt mir durch Mark und Bein. Ich vergesse immer, wie kalt es nachts in Haleforcity werden kann. Obwohl James außerhalb meines Sichtfeldes ist, spüre ich seine Anwesenheit ganz deutlich. Innerlich bete ich, dass es Nathan nicht genauso geht. Ich zwinge mich, diesen schockierenden Gedanken sofort zu verwerfen. Unwillkürlich lasse ich die letzten Minuten noch einmal Revue passieren:

»Das ist mein letztes Wort, James! Wenn er dich sieht, wird er doch sofort wieder verschwinden!«, schimpfe ich.

»Und du meinst, dass Detective Andrews dabei mitmacht, dass du den Köder spielst?«, ruft er empört aus.

»Natürlich nicht«, entgegne ich trotzig.

»Sobald Nathan auftaucht, rufst du die Polizei. Ich werde ihn in der Zwischenzeit hinhalten.« James schüttelt energisch den Kopf. »Wenn du auch nur eine Sekunde glaubst, dass ich dich mit diesem Irren allein lasse, dann kennst du mich nicht so gut, wie ich es erwartet hätte! Ich habe geschworen, dich zu beschützen und von diesem Recht als dein Ehemann werde ich verdammt nochmal Gebrauch machen!« Beschwichtigend gehe ich auf ihn zu. »Du sollst mich doch gar nicht allein lassen. Du wirst in meiner Nähe sein und die nimmst du mit!« Ich deute auf die kleine Kommode, auf der sich James' Waffe befindet.

»Wir haben keine Zeit mehr, James. Bitte lass uns gehen.« Ich sehe, wie er mit sich ringt. »Ich werde mit einigen Metern Abstand hinter dir herfahren. Und bevor du

auch nur einen Fuß aus dieser Tür setzt, checke ich die Umgebung, um sicherzustellen, dass er uns nicht beobachtet.« Sein Tonfall ist so bestimmend, dass ich nichts weiter erwidere, ich nicke nur. Ich strecke ihm versöhnlich meine Hand entgegen, die er einverstanden, wenn auch widerwillig, ergreift.

Als ich das grelle Scheinwerferlicht auf mich zukommen sehe, verkralle ich meine Fingernägel tief in meiner Handfläche. Mein Puls rast, das Herz schlägt mir bis zum Hals und in meinen Ohren baut sich ein unangenehmer Druck auf. *Werd jetzt bloß nicht ohnmächtig!* Als sich die Fahrertür des schwarzen Jeeps öffnet, beiße ich mir so heftig in die Innenseite meiner Wange, bis ich Blut schmecke. Der Schmerz hält mich im Hier und Jetzt, verhindert, dass ich dem drängenden Bedürfnis, einfach umzukippen, nachgebe. Der Motor verstummt, im selben Moment geht das Scheinwerferlicht aus. Der pralle Vollmond spendet gerade so viel Licht, dass ich Nathans Silhouette erkennen kann, als er aus dem Wagen aussteigt . »Marissa«, flüstert er in die Dunkelheit.

Beim Klang seiner Stimme schrecke ich unwillkürlich zusammen. *Okay Marissa, du musst dich beruhigen! In wenigen Minuten hast du es überstanden!* Dieser innerliche Dialog beschwichtigt mein verängstigtes Gemüt leider nicht im Geringsten. Nathan kommt mit gezielten Schritten auf mich zu. Es ist so still um uns herum, dass ich die schweren Schritte seiner Stiefel im Gras hören kann. Erst als er ganz dicht vor mir steht, erkenne ich, dass er ein Messer in der Hand hält. Ein beunruhigend vertrauter Anblick. »Du bist allein?«, fragt er misstrauisch und kneift die Augen ein wenig zusammen. Mit vollster Aufmerksamkeit schaut er sich in der Dunkelheit um. Da meine staubtrockene Kehle keinen Laut von sich geben will, nicke ich nur kurz. »Nicht so schüchtern«, raunt er, während er seine Hand nach mir ausstreckt. Instinktiv weiche ich einen Schritt zurück. »Was... was hast du jetzt vor?«, stammle ich, um Zeit zu gewinnen. Mir wird leicht schwindelig, denn ohne es zu merken, habe ich den Atem angehalten. Doch bevor Nathan antworten kann, vernehme ich hinter mir ein dumpfes Geräusch, das zu meinem Bedauern auch Nathans Aufmerksamkeit nicht entgeht. Noch ehe ich begreife, wie mir geschieht, zerrt

Nathan mich im Sekundenbruchteil an sich und presst mir das Messer an die Kehle. »Wer ist noch hier? Dein Versager von Ehemann?«, zischt er. Gerade als er seinen Satz beendet hat, tritt James mit vorgehaltener Waffe hervor. »Lass sie los!«, befiehlt James im eisigen Tonfall. Nathan presst die Klinge heftiger gegen meine Kehle und weicht hastig einige Schritte zurück. Dabei hält er mich ganz dicht vor sich, so dass ich ihm als Schutzschild diene. Nun habe ich Mühe, James' Gesicht deutlich zu erkennen, da die Dunkelheit mir die Sicht zunehmend verschleiert. Nathan bleibt abrupt stehen, mittlerweile stehen wir knietief im Wasser des Sees, der sich vor wenigen Augenblicken noch direkt hinter uns befand. Vermeintlich unbeeindruckt kommt James auf uns zu und bleibt erst stehen, als er nur noch eine Armeslänge von uns entfernt ist. Nun erkenne ich sein Gesicht wieder ganz deutlich. Seine Augen brennen vor Wut. »Lass sofort meine Frau los oder ich schwöre, dass ich dich abknallen werde, du seelenloser Bastard!« James entsichert die Waffe, woraufhin Nathan die Klinge so heftig gegen meine Haut presst, dass mir ein schriller Schrei entfährt. Beim Klang meiner Stimme zuckt James zusammen. »Pfeif deinen Wachhund zurück oder du bist tot!«, haucht Nathan mir dämonisch ins Ohr. Als ich das warme Blut meine Kehle herunterrinnen spüre, übermannt mich ein Gefühl der Ohnmacht. Ich kann nicht einschätzen, wie schwer ich verletzt bin, aber mein gesamter Hals fühlt sich unnatürlich warm, feucht und klebrig an. Scheinbar blutet die Wunde stärker, als mir bis eben bewusst war. »Du nimmst jetzt sofort die Waffe runter, sonst ist sie tot!« Nathans Stimme bebt vor Zorn. »Erschieß diesen Mistkerl, James!« Trotz meiner Panik ist meine Stimme überraschend gefestigt. »Bring sie zum Schweigen, oder ich tue es!« Nathan zerrt an meinen Haaren, so dass sich mein Kopf ruckartig zur Seite neigt und so einen besseren Blick auf meine Wunde preisgibt. »Ich brauche nur eine Sekunde, um diese zarte Kehle aufzuschlitzen.« Er lässt mein Haar los und streicht sanft meinen Hals entlang. James richtet die Waffe noch immer auf Nathan, doch er presst mich so eng an sich, dass James keine Möglichkeit hat, an mir vorbeizuschießen. An seinem Gesichtsausdruck erkenne ich, wie James mit sich hadert, bis er schließlich die Hände resigniert in die Luft hebt. »Schmeiß deine Waffe in den See!«, befiehlt

Nathan. James wirft mir einen verunsicherten Blick zu, dann stöhnt er hörbar auf. »Mach schon!«, brüllt Nathan so laut, dass mir vor Schreck ein Schluchzen entfährt. Mit einem abrupten Plätschern versinkt James' Waffe im Wasser. Nun ist er da, der Moment, vor dem ich mich die ganze Zeit so sehr fürchtete. Wir sind Nathan schutzlos ausgeliefert und ich kann mir kein Szenario vorstellen, in dem wir lebend herauskommen. Mit dieser Tatsache vor Augen fühle ich mich, als würde meine Angst meine Seele verschlingen. Ein Gefühl, dem ich mich keine Sekunde länger hingeben will. *Ich muss etwas tun!* Entgegen meiner Instinkte löse ich mich von meiner Angst. Denn wenn ich *nichts* tue, wird diese Situation ganz gewiss ein inakzeptables Ende finden. Entschlossen blicke ich James in die Augen und nicke ihm kaum merklich zu. Er runzelt fragend die Stirn und noch ehe er begreift, beiße ich Nathan so fest ins Handgelenk, dass er seinen Griff um meine Kehle gezwungenermaßen lockert. Im selben Moment stürzt sich James auf ihn und treibt uns damit unfreiwillig tiefer ins Gewässer. Da Nathan mich nicht loslässt, zieht er mich mit seinem Gewicht mit unter Wasser. Alles um mich herum wird in ein finsteres Schwarz gehüllt. Ich kann nichts sehen, obwohl meine Augen schreckgeweitet sind. Der eiserner Griff, in dem Nathan mich noch immer gefangen hält, ist das einzige, das ich bewusst wahrnehme. Viel mehr, als diese Tatsache hinzunehmen, versuche ich, meine Konzentration darauf zu lenken, mit dem kläglichen Rest Sauerstoff in meiner Lunge auszukommen. Mein gesamter Körper wird wellenartig auf und ab gezerrt, aber nicht ein einziges Mal hoch genug, um nach der qualvoll herbeigesehnten Luft zu schnappen. Ich lausche den dumpfen Stimmen an der Wasseroberfläche, als Nathan ruckartig von mir ablässt. Innerhalb weniger Sekunden erreiche ich die rettende Oberfläche des Wassers und befülle meine Lunge begierig mit Sauerstoff. Ein paar Meter neben mir tobt ein erbitterter Kampf. Nathan und James schlagen wild aufeinander ein, abwechselnd zerrt einer den anderen immer wieder unter Wasser. Durch die Dunkelheit und meiner eigenen Benommenheit habe ich Mühe abzuschätzen, wer von den beiden James oder Nathan ist. Der unweigerliche Drang James zu helfen übermannt mich, doch ich kann mich kaum von der Stelle rühren. Ich sehe nur verschwommen und in meinem Kopf dreht sich alles. Mit getrübter Sicht verfolgen meine Augen die beiden. Inzwischen setzen sie ihren Kampf auf der Wiese fort, als endlich die rettenden Polizeisirenen ertönen. *Er hat es geschafft!* Ich weiß nicht wie, aber anscheinend ist es James gelungen, den Notruf zu wählen, bevor er von Nathan entdeckt wurde. James drückt Nathan zu Boden und ruft den Detective zu sich, als er mit gezückter Waffe aus dem Wagen springt. *Es ist vorbei! Endlich ist es vorbei!* Angestrengt versuche ich ans Ufer zu kommen, doch meine Beine gehorchen mir nicht. Der sternenbenetzte, tiefschwarze Himmel über mir beginnt sich unnatürlich zu drehen, ehe ein beißender Wasserstrom in meine Nase dringt. Panisch versuche ich aufzutauchen, doch trotz meiner Bemühungen treiben meine Arme schlaff an meinem Körper. Ganz gleich, wie sehr ich versuche meine Arme zu bewegen, mein Körper weigert sich beharrlich, den Befehlen meines Gehirns Folge zu leisten. Um mich herum herrscht absolute Stille, die nur durch den pulsierenden Herzschlag, der bis in meine Ohren widerhallt, unterbrochen wird. Obwohl ich mich mit aller Kraft dagegen wehre, schließen sich meine Augen wie fremdgesteuert. In diesem Moment beruhigt sich mein Herzschlag und mein Verstand, in dem gerade noch ein reges Durcheinander herrschte, lässt mich augenblicklich innehalten. Während ich immer tiefer ins Gewässer treibe, driften meine ängstlichen Gedanken, meine Sorgen und die Wut in die Schwerelosigkeit. Seitdem ich als Kind in einen Pool gefallen und beinahe ertrunken war, hatte ich stets Angst vor dem Ertrinken. Zu gut erinnere ich mich an die Hilflosigkeit und entsetzliche Angst, ehe man das Bewusstsein verliert. Ich war der festen Überzeugung, dass mein Körper jetzt genauso reagieren müsste, doch er tut es nicht. Meine Gedanken sind völlig klar, doch mein Körper scheint wie gelähmt. *Fühlt sich so Sterben an?* Vor meinem geistigen Auge erscheinen unzusammenhängende Bilder von James, meinen Töchtern, Ava, Jackson und Amara. Glückliche Erinnerungen von jenen Menschen, die mir am meisten bedeuten, schließen mir wellenartig durchs Gedächtnis und vermitteln mir ein Gefühl vollkommener Glückseligkeit. Unversehens spüre ich etwas an meinem Gesicht. Ich kann nicht einschätzen, was es ist, aber es fühlt sich vertraut an. Wenige Sekunden danach verspüre ich etwas Weiches auf meinen Lippen, gefolgt von einem drängenden Luftstrom, der meine Kehle hinunter zu meiner Lunge wandert. Mit aller Kraft und fester Entschlossenheit zwinge ich meine Lider, sich zu öffnen. *Ist das James?* Noch ehe ich die Situation begreifen kann, umhüllt mich ein Nebel der Besinnungslosigkeit und ich heiße den Rand des Vergessens, an dem ich unwillkürlich kratze, willkommen.

Mit flatternden Lidern öffne ich meine Augen. Verwirrt schaue ich mich um, doch ich bin nicht im Stande, einen klaren Gedanken zu fassen. »Marissa? Ich bin hier!« James' Stimme. Doch ich kann ihn nicht sehen. *Wo ist er?* »Können Sie mich hören?« Eine unbekannte, warme Frauenstimme ertönt direkt neben mir. Ich möchte etwas sagen, bringe aber keinen Laut hervor. Auf meinem Hals lastet ein unnatürlicher Druck, von dem ich nicht einschätzen kann, wodurch er verursacht wird. Mit zitternden Fingern greife ich mir an die Kehle und versuche, das fremdartige Gefühl loszuwerden. »Mrs. Evans, bitte halten Sie still! Ich muss ihre Blutung stoppen.« Schon wieder die unbekannte Frauenstimme. Mit größter Mühe drehe ich meinen Kopf ein wenig zur Seite, um nach James Ausschau zu halten. Als mein Verstand realisiert, welches Bild sich meinen Augen darbietet, beginne ich zu hyperventilieren. Rings um mich herum stehen drei Polizeiwagen, in einem davon wird Nathan gerade abgeführt. Ich spüre, wie sich meine Lippen bewegen, doch nach wie vor bleibt meine Stimme stumm. James! Ich will nach James rufen! *Wo zur Hölle steckt er?* Mein Brustkorb bebt panisch auf und ab, heiße Tränen rinnen meine Wangen herunter, während sich in meinem Kopf erneut alles zu drehen beginnt.

»Ich gebe Ihnen etwas zur Beruhigung«, erklärt die unbekannte Dame. Sie zieht eine Spritze auf, kurz darauf spüre ich einen kleinen Stich in meiner Armbeuge. Wie aus dem Nichts erscheint James' Gesicht plötzlich über mir. *Er lebt und es geht ihm gut!* Er streicht mir einige wirre Haarsträhnen von der Stirn und presst mir einen sanften Kuss neben die Augenbraue. Ich versuche zu lächeln, doch es gelingt mir nicht. Ich konzentriere mich vollends auf seine warme Hand, die mein kaltes Gesicht berührt. In dem Wissen, dass James lebt, gebe ich mich bereitwillig meiner Benommenheit hin.

Kapitel 18

Im Halbschlaf strecke ich meine Hand nach James aus.

Doch um mich herum ist scheinbar niemand. »James?«
Meine Stimme ist kaum zu hören. *Wo bin ich?* Das grelle
Licht, die kahlen Wände und die sterile Atmosphäre
verwirren mich. Als ich versuche mich aufzusetzen,
durchfährt mich ein stechender Schmerz. Ich mache eine
kurze Bestandsaufnahme meiner Verletzungen: Mein
Kopf schmerzt fürchterlich, ebenso wie mein Hals. Und
mir ist schwindlig. Noch bevor ich einen weiteren
Gedanken fassen kann, erscheint James in meinem
Blickfeld. »Endlich!«, raunt er. Trotz seines besorgtem
Gesichtsausdruckes huscht ein erleichtertes Lächeln über
seine Lippen. »Wo bin ich?«, flüstere ich heiser und
versuche mich erneut aufzusetzen, ohne Erfolg. Die
Infusionsnadel in meiner Armbeuge schmerzt bei jeder
Bewegung und hindert mich bei dem Versuch, mich
abzustützen.

»Bleib liegen. Bitte, beweg dich nicht!« Er setzt sich
neben mich, sorgsam darauf bedacht, mich nicht zu

berühren.

»Du bist im Sankt Marys Hospital. Wie geht es dir?« Auf seiner Stirn bilden sich tiefe Sorgenfalten. »Mein Hals tut entsetzlich weh«, krächze ich. Reflexartig greife ich mir an die Kehle, um der ein straffer Verband gebunden ist. Das würde erklären, wieso mir das Atmen so schwerfällt. James sieht mir ausdruckslos in die Augen. »Die Wunde ist zum Glück nicht so tief wie befürchtet. Aber es war knapp... Hätte dieser Mistkerl auch nur einen Zentimeter weiter oben angesetzt, dann...« Mitten im Satz verstummt er, sein Blick wandert ins Leere. »Ist es vorbei?« Er greift nach meiner Hand, legt sie vorsichtig an seine stoppelige Wange und haucht einen zarten Kuss auf die Innenseite meines Handgelenks. »Es ist vorbei.« Er nickt, dann huscht ein erleichterter Ausdruck über sein Gesicht.

»Wo ist Nathan?«, frage ich mit bebender Stimme. Bei dieser Frage nehmen James' Gesichtszüge einen harten Ausdruck an. »Er ist in Polizeigewahrsam«, antwortet er knapp. »Du musst dir keine Sorgen mehr machen. Ich werde nie wieder zulassen, dass dir jemand wehtut. Ruh dich aus, du bist in Sicherheit. Ich bin hier«, fügt er im sanften Tonfall hinzu. Als James sich mit der Hand durchs Haar fährt, bemerke ich eine tiefe Platzwunde an seiner Stirn. »Was... was ist das?«, frage ich besorgt. »Das ist gar nichts«, wiegelt er ab. Doch diese Worte beruhigen mich nicht im Geringsten. Ungeschickt versuche ich mich erneut aufzusetzen, doch diesmal hindert mich nicht die Infusionsnadel, sondern James. »Marissa, du sollst liegen bleiben, verdammt!«, fährt er mich an. Ich starre ihn an, schockiert über seinen harschen Tonfall. »Entschuldige... es tut mir leid!«, raunt er einlenkend. Er greift versöhnlich nach meiner Hand. »Dich dort liegen zu sehen, und nicht zu wissen, ob du durchkommst...« Er schüttelt den Kopf und lässt den Satz unbeendet im Raum stehen. Da ich James nicht beunruhigen möchte, und es mir vermutlich ohnehin nicht gelingt mich aufzusetzen, ziehe ich sein Gesicht dicht an meines heran. Seufzend lehne ich meine Stirn an seine. »Mir geht es gut«, flunkere ich gewohnheitsmäßig, so wie immer, wenn ich nicht will, dass James sich meinetwegen unnötige Sorgen macht. In Wahrheit weiß ich nicht mal genau, wie es mir geht, da sich durch die Medikamente, die kontinuierlich durch den Tropf in mein Blutkreislauf gepumpt werden, alles irgendwie surreal anfühlt. »Es tut mir so leid, dass du verletzt wurdest«, flüstere ich und kämpfe gegen den Drang an, in Tränen auszubrechen- vergebens. James sieht mich mit einem weichen Ausdruck in den Augen an und wischt mir behutsam eine Träne von der Wange. »Meinen Schmerz kann ich ertragen. Aber deinen? Niemals!«, raunt er inbrünstig und streicht mit dem Daumen über meine Unterlippe. Ich ziehe ihn vorsichtig zu mir heran, um ihm einen sanften Kuss auf die Lippen zu hauchen.

»Wann darf ich nach Hause?«, frage ich ungeduldig, nachdem ich durch einen kurzen Seitenblick zum Fenster festgestellt habe, dass es draußen beinahe zu dämmern beginnt. *Ich will die Nacht nicht hier verbringen!*

»Marissa, kannst du dich nicht mal einen Moment ausruhen? Du bist wirklich die Ungeduld in Person.« Obwohl ein strenger Tadel in seiner Stimme mitschwingt, verzieht er seinen Mund zu einem schiefen Grinsen. »Ausruhe kann ich mich auch zuhause«, gebe ich mürrisch zurück. Sein Grinsen wird breiter, dann schüttelt er den Kopf. »Ich werde die Ärztin holen.« Erleichtert lächle ich ihn an. »Aber du bewegst dich nicht!« Er richtet seinen Zeigefinger mahnend auf mich, woraufhin ich unbewusst die Augen verdrehe. »Es ist mein Ernst, Marissa.« Sein Tonfall lässt keinen Widerspruch zu. Ich hebe abwehrend die Hände. »Ich bleibe liegen, versprochen«, versichere ich einlenkend. Seine rührende Fürsorge ist im Augenblick nicht von Nöten, da ich das Gefühl habe, mich in den nächsten Stunden keinen Zentimeter bewegen zu können. »Ich bin gleich wieder da«, verspricht er, sichtlich erleichtert über meine Antwort. Dankbar nicke ich ihm zu, dann verlässt er das Zimmer.

Ich schrecke aus dem Schlaf. Durch das grelle, fluoreszierende Neonlicht an der Zimmerdecke, ist es unnatürlich hell im Raum. Ich muss einige Male blinzeln, bevor ich eine klare Sicht des Zimmers erlange. Von James ist weit und breit nichts zu sehen. Erst nachdem ich mehrfach tief durchgeatmet habe, realisiere ich, dass ich noch immer im Krankenhaus bin. Bevor ich nach James rufen kann, erscheint er schon im Zimmer. Mit dem Rücken zu mir gewandt schließt er leise die Tür hinter sich. »Ich bin wach«, murmle ich. Er sieht mich überrascht an, dann strahlt er. Ausgelassen schlendert er zu mir herüber, setzt sich am Rand des Krankenhausbettes und presst mir einen ungezügelten Kuss auf die Lippen. »Was ist denn mit dir los?«, lache ich verwundert. »Ich habe mit Dr. Nolan gesprochen. Wenn deine Laborergebnisse in Ordnung sind, darfst du noch heute nach Hause.« Seine Freude über diese Nachricht ist ihm förmlich ins Gesicht geschrieben. Erleichtert seufze ich auf. Noch immer strahlend zückt er sein Handy hervor, scrollt einen Augenblick und lauscht gespannt, ohne mich dabei aus den Augen zu lassen. »Jackson, du kannst die Mädchen jetzt ans Telefon holen«, sagt James. Wenige Sekunden später reicht er mir das Handy. Neugierig horche ich gespannt.

»Mommy?« Fayes zarte Stimme. »Marissa, ich habe dich auf Laut gestellt, die Mädels wollten gern mit dir sprechen«, ertönt Jacksons Stimme im Hintergrund.

»Faye, wie schön, deine Stimme zu hören, mein Engel«, schluchze ich. Ich presse mir die Hand auf den Mund, um ein weiteres Schluchzen zu unterdrücken. Tränen der Freude und Erleichterung sammeln sich in meinen Augen. »Mommy, es ist so schön hier«, berichtet Faye aufgeregt. »Tante Amara hat für uns einen riesigen Plüscheisbär im Freizeitpark gewonnen«, verkündet Hope begeistert.

»Wirklich? Das ist ja wunderbar«, lache ich, während James mir sanft eine Träne von der Wange wischt. Die ganze Zeit über haftet sein Blick auf mir, er wirkt unglaublich erleichtert. Ich höre Jackson im Hintergrund etwas sagen, kann seine Worte aber nicht mit Gewissheit verstehen. »Wir müssen auflegen, Mommy. Wir haben dich lieb!«, verabschieden sich die beiden. »Ich habe euch auch unglaublich lieb«, hauche ich. „Marissa?« Jacksons Stimme ertönt erneut, diesmal klarer. »Wo seid ihr?«, frage ich. »Wir sind in einem Kinderhotel, ein paar Meilen südlich von Halefordcity. Tate und die Mädchen amüsieren sich prächtig. Ich möchte, dass du dir keine Sorgen machst. Wir bleiben noch bis Ende der Woche, dann bringen wir euch die Kinder wieder zurück. Ich bin so froh, dass der Spuk endlich vorbei ist.« Die Erleichterung in seiner Stimme spiegelt exakt die in meinem Inneren. Wortlos nicke ich. »Das bin ich auch«, hauche ich schließlich um Atem ringend.

»Wir sehen uns ganz bald, erholt euch gut.« Dann legt er auf. Wortlos reiche ich James das Handy. »Danke«, forme ich lautlos mit den Lippen, denn ich habe Sorge, meinen Emotionen keinen Einhalt gebieten zu können und ich fühle mich zu erschöpft, um noch weiter zu weinen. Mit einem leisen Seufzer lehne ich mich so weit zurück, bis ich das Kissen im Rücken spüre, schließe die Augen und kann es kaum erwarten, alsbald in mein ruhiges, normales Leben zurückzukehren.

Kapitel 19

Mein Bauch rebelliert hemmungslos. Seit Stunden kämpfe ich vergeblich gegen meine Übelkeit an, doch die Nervosität in meinem Inneren beherrscht meinen Magen. Angespannt sitze ich am Küchentisch, während James Detective Andrews in Empfang nimmt. Aufgrund meines Gemüts und James' außerordentlicher Fürsorge, hat er den Detective überzeugt, unsere Aussagen hier vor Ort aufzunehmen. Obwohl ich mich alles andere als bereit dafür fühle, möchte ich meine Aussage nun endlich hinter mich bringen, um mit diesem Kapitel meines Lebens abzuschließen. Als ich die Schritte des Detectives auf mich zukommen höre, zwinge ich mich zu einem tiefen Atemzug. *Ich schaffe das!*

»Miss Evans«, begrüßt mich der Herr mittleren Alters und streckt mir mit einem professionell aufgesetzten Gesichtsausdruck die Hand entgegen. Ich erhebe mich kurz und schüttle halbherzig seine Hand. »Guten Tag«, krächze ich und nicke kaum merklich. »Bitte, nehmen Sie

Platz.« James deutet zu dem Stuhl gegenüber von mir, dann setzt er sich neben mich und greift unter dem Tisch nach meiner Hand. Tröstlich drückt er meine Finger. Detective Andrews holt einen Ordner aus seiner Aktentasche, klappt ihn auf, legt einen Zettel vor sich auf der Tischplatte ab und nimmt einen Stift zur Hand. Dann sieht mich erwartungsvoll dreinblickend an. Er wirkt gehetzt. »Miss Evans, es gibt keinen Grund zur Besorgnis«, erklärt er tonlos, als er meinen beklommenen Gesichtsausdruck deutet. »Das ist reine Formsache«, fügt er monoton hinzu. Ich nicke. »Wo soll ich anfangen?«, frage ich mit zitternder Stimme. »Am besten ganz von vorn«, entgegnet er und drückt auf den Knopf des Kugelschreibers. Das klackende Geräusch des Stiftes spiegelt seine offensichtliche Ungeduld wider. Sichtlich bereit, meine Aussage aufzunehmen, nickt er mir ermunternd zu.

Der sonst so unerschütterlich wirkende Detective reibt sich mit einem kleinen, rechteckigen Stofftuch sichtbare Schweißperlen von der Stirn. Nachdem ich die letzten fünfzig Minuten detailliert geschildert habe, was mir in der Zeit bei Nathan widerfahren ist, zittere ich am gesamten Körper. »Sie müssen nur noch hier unterschreiben«, erklärt er, reicht mir meine niedergeschriebene Aussage und deutet ans untere Ende des Schriftstückes. Ehe ich den Stift entgegennehme, wische ich mir unauffällig meine verschwitzten Handflächen am Hosenbein ab und unterzeichne die Aussage. *Es ist gar nicht so leicht, den eigenen Namen zu schreiben, wenn der gesamte Körper zittert wie Espenlaub.* Ich straffe meine schmalen Schultern und konzentriere mich angestrengt, meine Unterschrift halbwegs leserlich auf der Linie zu platzieren. Als dies erledigt ist, verstaut Andrews die Papiere, packt seinen Ordner weg und holt zu meiner Überraschung einen weiteren aus seiner Tasche heraus. Er legt einige Fotos vor uns auf den Tisch, fein säuberlich aufgereiht, so dass ich eine ungehinderte Sicht auf die Bilder habe. Auf jeden dieser Fotos bin ich zu sehen. Ava und ich in Downtown beim Shoppen, wie ich mit den Kindern ins Auto steige, als ich sie von der Schule abhole, ich beim Bepflanzen unseres Vorgartens, James, wie er mir die schweren Einkaufstüten abnimmt, die ich aus dem

Kofferraum hole. Ein Bild erregt besonders meine Aufmerksamkeit. Mit starrem Blick halte ich es in meinen zitternden Händen. Es zeigt mich, wie ich mit Faye im Tragetuch an einem sonnigen Tag durch den Regopark laufe. Ich erinnere mich noch genau an diesen Tag, weil James mit Hope zuhause geblieben ist, da Hope eine Mittelohrentzündung hatte. Ursprünglich wollten wir an diesem Nachmittag mit den Kindern zum See fahren. Da waren die beiden gerade mal elf Monate alt. Er beobachtete mich schon seit Jahren. Mein Magen zieht sich zusammen, ich spüre Galle meine Kehle aufsteigen. »Diese Aufnahmen haben wir in einem Schließfach am Bahnhof sichergestellt«, erklärt der Detective. »Cooper ist ein echt durchgeknallter Dreckskerl. Er hegt einen ganz gewaltigen Groll gegen Sie und Mr. Evans.« Als mein Blick zu James wandert, sehe ich, wie er zornig mit dem Unterkiefer mahlt. Auch Andrews entgeht James' Stimmung nicht. Dennoch wendet er sich wieder mir zu und führt seinen Monolog fort. »Mit ihrer Aussage, den Fotos und Mr. Coopers Vorgeschichte haben wir genug Beweise, um ihn lebenslänglich wegzuschließen.« Ich erkenne eine leichte Genugtuung in seinem Unterton. Da ich meiner Stimme nicht traue, nicke ich nur. Andrews reicht mir zur Verabschiedung die Hand, während James noch immer unbewegt mit versteinerter Miene neben mir sitzt. Als ich mich erhebe, winkt der Detective ab. »Bleiben Sie sitzen, ich finde alleine raus!« Wenige Sekunden später zieht er die Tür hinter sich zu. Nun ist es totenstill im gesamten Haus.

Seit geschlagenen zehn Minuten läuft James aufgebracht durch die Küche, dabei murmelt er immer wieder etwas Unverständliches. Gänzlich überfordert gehe ich ihm schließlich hinterher und versuche, ihn zum Stehenbleiben zu bringen. Vorsichtig halte ich ihn am Arm fest, sofort schüttelt er meine Hand ab. Sein Blick ist wutgetränkt. »Was um Himmels Willen ist los mit dir, James?« Ratlos sehe ich ihn an. So außer sich kenne ich ihn gar nicht. Er bleibt abrupt stehen und setzt einen verständnislosen Blick auf. »Er hat uns die ganze Zeit beobachtet«, zischt er mit zusammengepressten Zähnen. Ich erwidere nichts, starre ihn einfach wie paralysiert an. »Dieser Bastard hat uns die ganze Zeit beobachtet«, wiederholt er, diesmal allerdings viel energischer. Noch immer fühle ich mich unfähig, auf seinen Ausbruch zu reagieren. »Sag etwas!«, schreit er mich an. »Irgendetwas!« Er schlägt seine Faust mit voller Wucht auf die Anrichte, so dass prompt ein dumpfer Knall ertönt. Ich zucke zusammen. Als ich noch immer nicht reagiere, schnappt er sich ein Glas, das auf der Anrichte neben mir steht, und pfeffert es mit seiner gesamten Kraft gegen die Wand. Doch selbst das Klirren des zersplitterten Glases befreit mich nicht aus meiner Schockstarre. Er packt mich bei den Schultern und redet weiter auf mich ein, doch ich fühle mich, als wäre ich geistig gar nicht mehr anwesend. Ich höre seine Worte, doch mein Verstand ist nicht in der Lage, den Sinn zu erfassen. Als er kurz darauf von mir ablässt, fegt er sämtliche Gegenstände, die ihm in die Finger kommen, von den Schränken und der Spüle. Das Geschirr geht mit einem lauten Scheppern sofort zu Bruch. Innerhalb eines Wimpernschlags wirkt der Küchenboden, als hätte hier drin ein Tornado gewütet. Schließlich sackt James vor mir zusammen. Sein lautes Schluchzen befreit mich aus meiner Starre. Überfordert knie ich mich zu ihm und blicke in sein verzweifelt wirkendes Gesicht. »Er war die ganze Zeit da und ich habe nichts gemerkt.« Er versucht sein erneutes Schluchzen zu verbergen, indem er sich die Hand vor dem Mund presst. »Ich hätte all das verhindern können«, murmelt er in seine Hand. Schlagartig begreife ich, was ihm so sehr zusetzt. Mein tapferer, starker James - von Schuldgefühlen überwältigt. »Das war doch nicht deine Schuld«, flüstere ich, schockiert über den Gedanken, dass er sich selbst so sehr grämt. »Ich habe auch nichts bemerkt«, hauche ich, bemüht, das Zittern meiner Stimme zu verbergen. Es fällt mir schwer, den Anblick der gebrochene Hülle meines Mannes zu ertragen. Durch all die schrecklichen Ereignisse der letzten Wochen, wo er immer stark für mich war, habe ich seinen Schmerz unwillkürlich ignoriert. Ständig lebte ich in der unbegründeten Sorge, dass er aufhören könnte mich zu lieben oder dass er diesem ganzen Wahnsinn nicht mehr Standhalten kann. Doch ich habe nie ernsthaft darüber nachgedacht, was das alles in *ihm* anrichtet. »Lass das!«, raunt James. Fragend kräusel ich die Stirn. »Das alles hat rein gar nichts mit dir zu tun. Ohne dich hätte ich das ganze Chaos niemals durchgestanden.« Seine Wut scheint vollends verraucht.

197

Scheinbar haben sich seine Ängste und der Schrecken der letzten Monate gerade ein Ventil gesucht. Verwundert schüttle ich den Kopf. *Kann man mir wirklich so leicht ansehen, was ich denke?* »Ich kenne dich in und auswendig, Marissa«, beantwortet er meine unausgesprochene Frage und wischt sich verlegen eine Träne aus dem Augenwinkel. Als sich unsere Blicke treffen, huscht ein vages Lächeln über sein Gesicht.

»Ja, du kennst mich wirklich am besten«, flüstere ich. Mit einem Mal ist es von enormer Bedeutung für mich, ihm die Tatsache vor Augen zu führen, dass er die ganze Last nicht allein tragen und ständig für mich stark sein muss. »Es ist okay«, hauche ich, während ich sanft die Spur seiner Tränen mit dem Zeigefinger nachzeichne. Er grinst schief, greift nach meiner Hand und fährt mit seinen Lippen zärtlich meine Fingerspitzen entlang. Dann presst er mir seine Lippen auf den Mund, hebt mich in seine Arme und trägt mich, zu meiner Überraschung,, raus in den Garten.

Ich liege in seinen Armen, den Kopf auf seiner Brust gebettet. Mit geschlossenen Augen gebe ich mich dem

Gefühl der Geborgenheit hin. Hier, in unserer Hütte, lagen wir schon ewig nicht mehr. Damals, nachdem die Kinder geboren wurden, hat James uns dieses Gartenhäuschen zu einem gemütlichen Rückzugsort umgebaut. Von außen betrachtet wirkt es wie ein ganz gewöhnliches Gartenhäuschen, doch im Inneren ist es mit einem Futon, Pflanzen und einem riesigen, flauschigen Teppich ausstaffiert. Es wirkt eher wie ein kleines Wohnzimmer, einladend und behaglich. »Geht es dir besser?«, frage ich leise. Er nickt. Ich hebe den Kopf und sehe in sein Gesicht. Seine Lippen werden von einem sanften Lächeln umspielt und in seinen Augen zeichnet sich eine tiefe Erleichterung ab. »Ich habe das hier wirklich sehr vermisst«, raunt er. »Was genau?«, frage ich und unterdrücke ein Gähnen. Ich fühle mich völlig ausgelaugt von den emotionalen Geschehnissen des heutigen Tages. »Hier mit dir zu liegen, dich zu lieben… ohne die geringste Sorge.« Ich vergrabe meine Nase an seinem Hals, um seinen beruhigenden Duft in mir aufzunehmen. »Das habe ich auch«, murmle ich, ohne das Gesicht von seinem Hals zu lösen. Er verlagert sein Gewicht und sieht mich plötzlich aufmerksam an.

»Keine Heldentaten mehr, verstanden?« Ich nicke.

»Keine Heldentaten mehr, versprochen.«

»Ab jetzt möchte ich, dass du *alles* mit mir besprichst.« Sein Tonfall ist todernst. »Das werde ich«, flüstere ich aufrichtig. Ich schließe die Arme fester um ihn und spüre seine harten Brustmuskeln. Allmählich beginnt er sich zu entspannen. Zufrieden lehne ich mich an ihn und kann es kaum erwarten, meine Töchter so schnell wie möglich wieder in die Arme zu schließen.

Kapitel 20

Fünf Wochen sind vergangen, seitdem Faye und Hope wieder bei uns sind. Ich habe es mir in meinem Liegestuhl auf der Veranda gemütlich gemacht und genieße die letzten Sonnenstrahlen des Spätsommers. Mit einem entspannten Lächeln betrachte ich meine Töchter beim Herumtoben im Garten. James, der in der Mitte der Wiese steht, pustet ausgelassen einige Seifenblasen in die Luft, während die Zwillinge lachend und kreischend um ihn herumwirbeln. Faye streckt fordernd ihre kleinen Hände in die Luft, um eine der Blasen einzufangen. Als es ihr endlich gelingt, kommt sie stolz mit ihrer ausgestreckten Hand zu mir. »Guck mal, Mommy, ich habe eine eingefangen«, flüstert sie, als ob sie Sorge hätte, dass die Seifenblase beim geringsten Laut zerplatzen könnte. Lächelnd lege ich meine Sonnenbrille beiseite, um einen ungetrübten Blick auf ihre Hand zu erlangen. »Das sieht wunderschön aus«, staune ich und deute auf die schillernden Farben im Inneren, die durch das Sonnenlicht reflektiert werden.

Faye strahlt übers gesamte Gesicht. »Mommy, komm und tanz mit mir«, trällert Hope mit ihrer Singsangstimme, während sie sich in einem Meer aus Seifenblasen immer wieder um die eigene Achse dreht. »Ja Mommy, tanz mit uns«, lacht James und streckt mir einladend seine Hand entgegen. Wie das Sonnenlicht auf James' blondes Haar fällt, wirkt er einfach engelsgleich. Selbst nach all den Jahren ist es mir schier unmöglich, mich an diesem Mann sattzusehen. Wie gebannt gehe ich auf ihn zu und ergreife seine ausgestreckte Hand. Er zieht mich zu sich heran und schlingt mir einen Arm um die Taille, mit seiner freien Hand ergreift er die meine und verschränkt unsere Finger ineinander. Ohne mich aus den Augen zu lassen beginnt er, uns langsamen Schrittes vor und zurück zu wiegen. Faye und Hope beobachten uns begeistert, fallen sich in die Arme und ahmen unsere Bewegungen nach. Das Leben, für das ich so erbittert gekämpft hatte, ist endlich wieder außer Gefahr. Meine Familie ist vereint und vor meinen Töchtern liegt eine unbeschwerte Zukunft. Obwohl mir bewusst ist, dass die Schicksalsschläge der vergangenen Monate sich nicht auf magische Weise ausradieren lassen, blicke ich hoffnungsvoll in die Zukunft. Es scheint, als hätten James und ich gemeinsam die Kraft, jede noch so aussichtslose Situation zu bewältigen. Und diese Erkenntnis verleiht mir eine außergewöhnliche Stärke und Zuversicht. Mit ihm zusammen scheint kein Hindernis zu groß, kein Weg zu weit und das Wichtigste, keine noch so große Herausforderung verängstigt mich. Als mir dies klar wird, breitet sich ein Lächeln auf meinem Gesicht aus, denn eine nächste Herausforderung wartet bereits. Bei diesem Gedanken lächle ich still in mich hinein. »Woran denkst du?« James heisere Stimme reißt mich aus meinen Gedanken.

»Ich kann kaum glauben, dass wir nach all der Zeit wieder hier angekommen sind. Zusammen, in Sicherheit... Ich bin so glücklich, James.« Ich strahle übers ganze Gesicht, als ich meinen Blick zu unseren unbeschwerten Töchtern schweifen lasse. Die Wahrhaftigkeit meiner Worte füllen mein Innerstes mit einem Gefühl des Friedens aus. Anstatt etwas zu erwidern, küsst mich James, lang und leidenschaftlich. Als wir wieder zu Atem kommen, lehne ich meine Wange an seine Brust, inzwischen stehen wir vollends unbewegt beieinander. Da die Atmosphäre um uns herum nicht unbeschwerter sein könnte, nehme ich all meinen Mut zusammen, James etwas Wichtiges mitzuteilen. *Etwas sehr Wichtiges!* Als ich seinen Blick suche, beginnt mein Herz heftig gegen meinen Brustkorb zu schlagen. Wieso ich so unendlich nervös bin, weiß der Himmel allein. »James?«, krächze ich, meine Kehle ist schlagartig staubtrocken.

»Hm«, erwidert er nur, während er mein Mienenspiel interessiert mustert. »Was ist los?«, fragt er gespannt, als er meine nervöse Stimmung deutet. Da ich meiner Stimme nicht traue, greife ich nach seiner Hand und führe sie langsam an meinen Bauch. Er sieht mich fragend an. Ich fixiere ihn weiterhin mit meinem Blick, in der unwahrscheinlichen Hoffnung, dass er von seiner Gabe, meine Gedanken lesen zu können, Gebrauch macht. »Ich...«, meine Stimme ist kaum hörbar. »Marissa, du machst mir Angst«, lacht James verunsichert. Ich räuspere mich und versuche es erneut. »Ich bin schwanger«, hauche ich schließlich atemlos. Anhand seines Gesichtsausdruckes ist es mir unmöglich einzuschätzen, was er gerade empfindet. Ich weiß, dass

James sich vor einigen Monaten ein weiteres Kind ersehnt hat. Allerdings ist seitdem so viel passiert, dass ich nicht abschätzen kann, ob es ihm noch immer so geht. Vielleicht kommt der Zeitpunkt, nach allem, was wir erlebt haben, ungelegen? Plötzlich kommt mir jede einzelne Sekunde wie eine Ewigkeit vor. »Würdest du bitte etwas sagen?«, hauche ich. Als er meinen verunsicherten Blick zur Kenntnis nimmt, lächelt er beruhigend. »Das ist eine wundervolle Nachricht! Ich könnte kaum glücklicher sein, als in diesem Augenblick«, raunt er schließlich, sein Grinsen wird breiter. Er hebt mich so schwungvoll in seine Arme, dass ich kurz vor Überraschung aufschreie. Als er von mir ablässt, presse ich ihm einen ungestümen Kuss auf den Mund. Sofort spüre ich, wie mich eine Woge der Erleichterung durchfährt. Seitdem ich vor ein paar Tagen den positiven Schwangerschaftstest in den Händen hielt, haben mich beklemmende Zweifel gequält. Ich bin überzeugt, dass James und mir ein paar Monate, vielleicht sogar ein ganzes Jahr, Ruhe gut getan hätte, bevor wir uns in das nächste Abenteuer stürzen. James umschlingt mein Gesicht mit seinen Händen und zwingt mich so, ihm in die Augen zu sehen. »Einen perfekten Zeitpunkt gibt es nie.« Er lächelt. Da ist sie wieder, die unheimliche Gabe, in mein Innerstes zu blicken. »Hättest du damals, als du mit den Zwillingen schwanger wurdest, erwartet, dass es so einfach wird?«, fragt er strahlend. Ich erwidere sein Lächeln und schüttle den Kopf. Hope und Faye waren wirkliche Traumbabys. Wider erwartend haben sie uns nur selten vom nächtlichen Schlafen abgehalten und waren pflegeleichter, als ich es mir jemals hätte erträumen können. Und obwohl ich meine aufkeimenden, immer wiederkehrenden Zweifel nicht ignorieren konnte, haben uns die beiden als Familie näher zusammengebracht, als ich es je für möglich gehalten hätte. Ich vergrabe meine Nase in James' Shirt und lasse mich von dem Gefühl des vollkommenen Glücks bereitwillig übermannen.

Selig betrachte ich meine schlafenden Töchter. Noch immer scheint es kaum realisierbar, dass uns nach all dem Schrecken, der hinter uns liegt, diese strahlende Zukunft erwartet. Es ist nicht so, dass ich die letzten Wochen noch einmal gern durchleben würde, aber ich muss zugeben, dass ich durch sie das, was ich habe, mehr denn je zu schätzen weiß. Ich decke erst Hope, dann Faye zu. Hope lächelt im Schlaf. Sie sieht aus wie James, wenn sie das macht. Sanft streiche ich ihr übers Haar. Beim Verlassen des Zimmers lasse ich die Tür wie gewohnt einen Spalt breit auf und werfe noch einmal einen prüfenden Blick ins Kinderzimmer. Als ich mich versichert habe, dass die beiden tief und fest schlafen, tapse ich ohne Eile rüber ins Schlafzimmer. Ich höre James nebenan im Bad duschen. Ich streife meinen Bademantel ab und lege mich ins Bett. Während ich im Bett auf James warte, denke ich darüber nach, wie anders unser beider Leben hätte verlaufen können, wenn ich Brian niemals geheiratet hätte. Wären James und ich uns dann überhaupt begegnet? Bei diesem Gedanken spüre ich, wie sich tiefe Furchen auf meiner Stirn bilden. *Nichts geschieht jemals ohne Grund,* kommt es mir in den Sinn. Ist an dieser Weisheit wirklich etwas Wahres dran? Mussten wir all die schrecklichen Dinge der Vergangenheit bewältigen, um dort anzukommen, wo wir jetzt sind? »Wieso diese ernste Miene?«, erkundigt sich James, als er sich, nur mit seiner Jogginghose bekleidet, neben mich legt. Wortlos schüttle ich kaum merklich den Kopf, dann schmiege ich mich an ihn. Er nimmt meine Hand und legt sie auf sein wild klopfendes Herz. Mit gerunzelter Stirn sehe ich zu ihm auf. »Beschäftigt dich irgendwas?« Er antwortet mit einer Gegenfrage. »Warum hast du so besorgt ausgesehen, als ich gerade ins Zimmer kam?« Ich hebe erstaunt die Augenbrauen. »Erinnerst du dich an unsere Vereinbarung? Keine Geheimnisse mehr.« Sofort bekomme ich ein schlechtes Gewissen, als ich seine Besorgnis in der Stimme vernehme. Beruhigend küsse ich seinen Handrücken. »Ich habe nur darüber nachgedacht, ob die ganzen Schicksalsschläge eine Art Preis dafür waren, den wir zahlen mussten, weil wir trotz allem so unendlich glücklich sind.« Als ich diese Worte laut ausgesprochen habe, übermannt mich eine Flut der Zweifel. »Weil *ich* so glücklich bin«, verbessere ich mich flüsternd und senke den Blick. *Wäre er diesen Weg auch gegangen, wenn er gewusst hätte, was auf ihn zukommt?* »Wir«, raunt er in meine Gedanken hinein und hebt mein Kinn etwas an, damit ich ihm in die Augen sehe. Seine Miene lässt keinen Widerspruch zu.

»Wirst du je aufhören, an dir selbst zu zweifeln?«

»Vermutlich nicht«, antworte ich wie aus der Pistole geschossen. James entfährt ein hörbares Kichern, woraufhin ich sofort mit einstimme.

»Marissa, Marissa...«, tadelt er mich im sanften Tonfall.

»Ich bin ganz gewiss nicht versessen darauf, noch weitere Dramen zu erleben, aber wenn dies eine Art Preis sein sollte, den das Universum, das Schicksal oder wer auch immer verlangt, dann bin ich vollen Herzens bereit, ihn zu zahlen«, versichert er aufrichtig und lässt seine Lippen flüchtig über meinen Handrücken streifen. Anstelle einer Antwort küsse ich ihn, erst sanft, dann fordernd. Als ich mich schließlich von ihm löse, blicke ich ihm eindringlich in die Augen. »Ich liebe dich James, und ich weiß, dass sich daran nie etwas ändern wird. Du bist mein Leben«, hauche ich. Sein Blick wird weich. Als ich meinen Kopf wieder auf seiner Brust bette, schlingt er die Arme fester um mich. In der wohlwollenden Gewissheit, in absoluter Sicherheit zu sein, in James' Armen, schließe ich friedvoll die Augen.

»Und ich liebe dich, mehr, als ein Mensch einen anderen je lieben könnte«, raunt er in die Dunkelheit. Mit einem seligen Lächeln sinke ich in einen tiefen, entspannten Schlaf.

Epilog

Ich war tot. Viele Jahre. Obwohl mein Herz schlug und meine Lunge meinen Körper mit Sauerstoff versorgte, war ich nicht am Leben. Doch wenn ich einen Blick hinter mich werfe, erkenne ich nichts als tiefe Dankbarkeit. Es war nicht leicht diese Erkenntnis zu erlangen, doch wäre ich nicht durch die Hölle gegangen, wäre die Botschaft nicht so deutlich. Denn selbst jetzt, nach allem, was mir widerfahren ist, weiß ich eine Sache mit absoluter Gewissheit: Trotz all der Qualen, dem Schmerz und die lähmende Angst, die folgen würden, würde ich immer wieder dieselben Entscheidungen treffen. Hätte ich die Möglichkeit, mein Leben noch einmal ganz von vorne zu beginnen, wäre ich nicht einen Wimpernschlag lang in Versuchung meinem Schicksal auszuweichen. Ich musste diesen Weg gehen, um hier anzukommen, bei James. Und diesen unwiderruflichen Entschluss traf nicht ich, sondern die Liebe.

Danksagung

Ein großes Dankeschön möchte ich an meine beste Freundin Karina S. richten. Ohne Deine unerschütterliche Geduld und Mühe hätte ich meine Buchprojekte womöglich voller Selbstzweifel verworfen. Danke, dass Du immer mit Rat und Tat an meiner Seite warst und nicht einmal die Augen verdreht hast, wenn mir selbst zu später Stunde noch eine Idee zu Marissa und James eingefallen ist. Selbstverständlich richte ich auch ein großes Dankeschön an meine Schwester Jacky M.! Du bist mein Fels!

Liebe Leserinnen und Leser,

ich danke Ihnen aus tiefstem Herzen fürs Lesen meiner Lost-Reihe! Ich hoffe, dass Ihnen das Ende von James und Marissa zugesagt hat. Wie Sie sicher bemerkt haben, habe ich mich in diesem Teil nicht mehr so intensiv mit der Thematik der Angststörung befasst. Dazu würde ich gern ein paar Gedanken äußern. Vom ersten Buch an war es mir ein Anliegen für Themen wie Angststörungen, Depressionen und Essstörungen Gehör zu finden! Diese psychischen Erkrankungen werden leider noch immer viel zu sehr stigmatisiert und das ist schlichtweg Unrecht! Dennoch war es nie meine Absicht eine Art Ratgeber oder Wegweiser zu verfassen. Dazu besitze ich auch keine Kompetenzen! Mein Wunsch hinter diesen Büchern ist, dass solche Themen enttabuisiert werden. Daher habe ich mich entschlossen, Marissas Erkrankung in die Story mit einzubauen. In der Hoffnung, dass solche Erkrankungen wahrgenommen, erkannt und ernst genommen werden! Wenn Sie selbst unter einer psychischen Erkrankung leiden, so scheuen Sie sich nicht, sich jemanden anzuvertrauen! Ich habe es in meinen letzten Büchern bereits angesprochen und wiederhole mich gern erneut: Es ist nicht Ihre Schuld, wenn Sie erkrankt sind und noch weniger sollte sich irgendjemand für eine psychische Erkrankung schämen müssen. Ich selbst habe mich oft mit Schuldgefühlen konfrontiert und weiß aus

215

Erfahrung, wie sehr einen dieses Verhalten zermürben kann. Bitte, suchen Sie sich Hilfe oder vertrauen Sie sich jemanden an. Es gibt so viele Menschen, die ein ähnliches Schicksal teilen. Ich wünsche Ihnen allen, ob gesund oder erkrankt, das Allerbeste!

Band 1 : *Lost in myself*

Marissa Harper, 27, ist aufgrund ihrer inneren Dämonen an ihr Apartment und ihre emotional grausame Ehe gefesselt. Als sie die seelische Folter ihres Mannes nicht mehr aushält, verlässt sie fluchtartig ihr Apartment und verliert sich in dem Wunsch, ihrem Leben ein Ende zu setzen. Unerwartet trifft sie auf den charismatischen James, der sofort etwas Besonderes in ihr zu sehen scheint. Obwohl Marissa ihn nicht an sich heranlassen will, werden die beiden dank James' Hartnäckigkeit schließlich ein Paar. Doch Brian, Marissas Ehemann, der auf Rache aus ist, Marissas psychische Verfassung und James' eigene, einschneidende Vergangenheit lassen die beiden nicht zur Ruhe kommen. Gerade als es den Anschein hat, als könnte das Paar seine Zweisamkeit genießen, holt Brian zu einem finalen Schlag aus, der das Glück der Zwei für immer zerstören könnte…

Band 2: *Lost in doubts*

Die schwer verletzte Marissa wacht ohne jegliche Erinnerungen an die vergangenen Monate im Krankenhaus auf. Ihr Leben an Brians Seite entwickelt sich zu ihrem schlimmsten Albtraum. Komplett auf sich allein gestellt muss Marissa nicht nur die Böswilligkeiten ihres Mannes über sich ergehen lassen, sondern auch herausfinden, was es mit diesem James auf sich hat. Da er ihr immer wieder Briefe aus dem Gefängnis zukommen lässt, bezweifelt sie schnell, dass er etwas mit ihrem Unfall zu tun hatte. Während Marissa mit ihrem Schicksal hadert, überschlagen sich die Ereignisse plötzlich, als der mysteriöse Jackson auftaucht. Unverhofft findet sich Marissa in einem Überlebenskampf wieder, der nicht nur ihr eigenes Leben auf eine harte Probe stellt. Denn der wahre Albtraum beginnt erst, als sie sich endlich gegen Brian zur Wehr setzt...